★中华优秀传统价值观故事丛书★

奇谋制胜的故事

闻　珺　编著

吉林人民出版社

图书在版编目(CIP)数据

奇谋制胜的故事 / 闻珺编著. –– 长春:吉林人民
出版社, 2012.5
(中华优秀传统价值观故事丛书)
ISBN 978-7-206-08854-4

Ⅰ.①奇… Ⅱ.①闻… Ⅲ.①品德教育 – 中国 – 青年
读物②品德教育 – 中国 – 少年读物 Ⅳ.①D432.62

中国版本图书馆CIP数据核字(2012)第075415号

奇谋制胜的故事
QIMOUZHISHENG DE GUSHI

编　著:闻　珺
责任编辑:孟广霞　　　　　　封面设计:七　洱
吉林人民出版社出版 发行(长春市人民大街7548号　邮政编码:130022)
印　刷:永清县晔盛亚胶印有限公司
开　本:670mm×950mm　　　1/16
印　张:12　　　　　　字　数:90千字
标准书号:ISBN 978-7-206-08854-4
版　次:2012年7月第1版　　印　次:2023年6月第3次印刷
定　价:38.00元

目录 CONTENTS

目录 CONTENTS

目录
CONTENTS

目录 CONTENTS

1. 智取智伯的张孟

张孟，春秋时期赵国大臣，曾经协助赵襄子智取了智伯。前403年（周威烈王二十三年，即晋烈公十七年），周王室正式承认韩、赵、魏三家为诸侯，与晋侯并列。单纯从合法性的角度看，这一年具有划时代的意义，战国即由此起始。宋代著名史学家司马光撰《资治通鉴》，就是从这一年开始，记载的第一件事即是"初命晋大夫魏斯、赵籍、韩虔为诸侯"。

春秋末期，曾经一度是个大国的晋国，其国君已经沦为傀儡。晋国当时被智、赵、魏、韩四家把持着。这四家当中以智家势力最大，其主事大夫名叫智伯。赵家的是赵襄子，魏家的是魏桓子，韩家的是韩康子。智伯因为势力雄厚，一心想着将晋国国君废掉，自己当国君，可是要实现这个梦想，必须削弱另外三家的力量。于是便想出了一个办法。有一天，他召见另外三家的大夫，对他们说："现在国君要去讨伐越国，力量不够，咱们四家各献出方圆百里的土地给国君，希望不要吝

啬。"三家当时没有明确答应，含糊其词而已。

　　几天后，智伯便派人到三家去要地。韩康子、魏桓子怕智伯，便按智伯的要求献出了土地。待到智伯派人去赵襄子那里要地时，却碰了钉子。智伯大怒，立即找到韩、魏二家，对他们说，现在我带上你们去伐赵，灭赵之后，赵地咱们三家分。韩、魏怎敢不从，于是三家联军便向赵攻去。赵襄子见三家联军来势凶猛，便退到晋阳城拒守，三家兵马立即把晋阳城围个水泄不通。由于赵襄子城内武器精良，粮草充足，军民勇敢，竟坚守了三个多月。智伯见城攻不下，心中十分焦急。有一天，他跑到龙山察看地形，见晋河从城西北角流过来，心生一计，就去找魏桓子、韩康子商议，要趁眼下河水不大，在河里拦一条大坝，将上游来的水蓄住，赶到雨季，山洪下来，便把坝挖开，以水攻城，并且说此招一用必灵，那赵襄子必然没命。韩、魏只好同意。

　　不久，就将大坝修好，蓄了水。山洪来时，果然挖开了大坝，只见滚滚洪水，立即包围了晋阳城。这样一围三年，赵的粮草渐渐用完了，而且水已涌进了城，冲塌不少房子，赵兵不少生了病，眼看城就要被攻破了。赵襄子立即召集众臣商量挽救危机的办法。这时大臣张孟说道："那智伯，人面兽心，四家中，谁不知他的势力最大，他要土地的用心不过是削弱咱们三家力量，好代晋自立。韩、魏现在与他联军来攻打我们，不过是惧怕智伯的力量，他们难道不知道智伯的用心？我们如果完了，下一次就轮到韩、魏了。”

赵襄子说道："你是说他们是面和心不和?"

张孟说道："肯定如此。现在要解去城下之围，非借助韩、魏不可，臣愿潜出城去，说服他们。”

赵襄子当即表示同意。那天天黑，张孟一个人偷偷溜进了韩、魏营寨。分别见了韩康子、魏桓子，说："智伯这个人，必然心存独占晋国的野心。不过只要咱们三家在，他那野心就难以得逞。而咱们三家如同唇齿，唇亡齿寒，如果我们赵家完蛋了，接着就轮到你们了，留下我们赵家，咱们还可以一块与智伯抗衡，你们何必去盲从智伯干这害人又损己的事呢?”

两家一听，马上开了窍，因为平分了赵家，强的仍然是智家，那时只有两家与他抗衡，力量自然远不如三家，难免不被智伯所灭。但他们又有些前怕狼后怕虎，说："智伯那家伙又狠又毒，一旦让他知道了，可不是闹着玩的。”张孟说道："话在咱们三人之间，他智伯怎么会知道。”两家说道："既然你能保住机密，咱们就一道干好了。”说罢，几个人在一起商量了办法。

第二天，智伯约了韩康子、魏桓子去观看水势。智伯指着洪水得意扬扬地说："你们看，水多么厉害，足

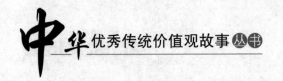

可灭亡一国。用不了几日，赵襄子就会完蛋了。"韩、魏两人听后，嘴上连说："是啊，是啊！"心里却直翻个儿，因为韩、魏的都城都有水流经过，现在不灭智伯，将来智伯还不得用同样办法来对付他们吗？二人越想越害怕，决定必须尽快寻找有利时机将智伯干掉，于是秘密派人出去与赵襄子联系，约定提前动手。

到了这天半夜，韩、魏派人将北岸的大坝一股脑儿扒开，大水立即像猛兽一样涌向智伯营寨，智军哪有防备，面对汹涌而来的大水，立即乱作一团。智伯从梦中惊醒，忙问是怎么回事，手下人告诉他说大水淹了营寨，智伯还没弄清什么原因，只听营外杀声震天，一见是韩、魏倒戈从两边向他杀来，立即慌了手脚，忙带了残兵狼狈而逃，半路被赵襄子派出的伏兵围住，很快便把他捉下马来杀掉了。智军见失了主帅，四散逃命。结果不久前还十分庞大的智家军队顿时烟消云散，化为乌有。韩、魏、赵三家就趁势瓜分了智伯之地。

◆ 智伯老谋深算，没想到竟然败在无名之辈张孟的一计之上，真是人外有人，天外有天。

2. 一鼓作气的曹刿

曹刿，即曹沫，一作曹翙。生卒年不详，春秋时鲁国大夫（今山东省东平县人），著名的军事理论家。鲁庄公十年，齐攻鲁，刿求见请取信于民后战，作战时随从指挥，大败齐师，一鼓作气之典故出于此。

春秋时，齐国派大军侵犯鲁国，这时是鲁庄公十年的春天。鲁庄公得到边报后，准备派兵迎击。当时有一平民出身的曹刿，前往晋见鲁庄公，要求交战时让他同往。鲁庄公答应了他的请求，让曹刿与自己同乘一辆战车，以便听取曹刿的意见。

齐鲁两军在鲁国长勺摆开阵势，开始交锋。庄公性急，想要先击鼓进攻齐军，曹刿赶忙制止他说："主君不可。"庄公听从了他的意见。这时齐军开始擂鼓发动进攻，当齐军擂过三遍鼓后，曹刿对鲁庄公说："我们可以击鼓进攻了。"于是鼓声大作，齐军被打得大败而退。庄公要指挥大军追赶，曹刿赶忙让他暂停，他俯身仔细察看了一下齐兵败退时的车辙，然后登在车前横木

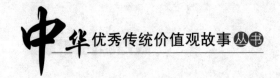

上向远处望了一下齐兵，才说："可以了。"于是鲁庄公指挥大军追击败退的齐兵，赢得了胜利。

战斗结束之后，鲁庄公问曹刿那样做的缘故。曹刿回答说："打仗靠的是士兵的勇气，首次击鼓，战士们的勇气最足；等第二次击鼓时，勇气就会有所衰退；到第三次击鼓，勇气已经没有了。他们击完三遍鼓，勇气已无，我军士兵则勇气十足，挥兵进击，所以打败了他们。大国用兵难以琢磨，我怕他们有埋伏，所以察看一下他们的车辙，发现他们的车辙错乱，又远望一下他们的旗帜，发现其旗帜已倒，所以才让国君你发令追击他们。

鲁庄公听后，伸出拇指，连表敬佩。

◆ 曹刿是春秋时期鲁国优秀的军事家。他所以取胜的原因，不是靠猛打猛冲，而是靠谋略、智慧，这一点尤其让人称道。战争当中，一个优秀的谋略家，抵得上成千上万的将士。他虽然没有将士的勇猛，没有将士的膂力，没有在战场上冲锋陷阵，却能凭借智慧，以柔克刚，以弱胜强，以小取大。

3. 军事奇才孙膑

孙膑，其本名孙伯灵（山东孙氏族谱可查），是战国时期齐国军事家，汉族，山东鄄城人。生于战国时期的齐国阿鄄之间（今山东省的阳谷县阿城镇，鄄城县北一带）。传为著名军事理论家孙武后人，著述有《孙膑兵法》，指挥著名战役有"马陵之战"等。

孙膑是战国时期的一位著名军事家。相传他曾经跟庞涓一块儿跟从鬼谷先生学习兵法。学成之后，庞涓先去了魏国，被魏惠王拜为将军。庞涓与孙膑同学多年，深知自己的才能赶不上孙膑。他想与孙膑一同干一番事业，便偷偷派人去召孙膑。孙膑应同学之约来到后，谁知庞涓突然担心孙膑比自己有才能，一旦领他去见魏惠王，时间一久，惠王必然要信任于他，岂不要妨害自己的前程！于是就打消了原先的想法，接着便加害孙膑。他找了个茬儿，动刑断了孙膑的两条腿，又对他施了黥刑，想把他隐藏起来不让他跟世人见面。

孙膑见庞涓加害自己，已猜知是嫉妒自己的才能，

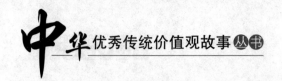

　　觉得再在这里待下去，必死于非命，可是现今身子已残，怎么能逃脱呢？思来想去，一时没有主张。

　　不久，他得知齐国一名使者来到大梁，便找了个机会以刑徒的身份秘密地去见了齐国使者，向齐使陈说自己的主张，欲说服齐使将自己救往齐国。这齐使见孙膑虽然是个残废了的刑徒，但才识非常人可比，立即同意了孙膑的请求，回国时，偷偷地把孙膑用车子拉着去了齐国。当时齐国以田忌为大将，齐使立即把孙膑拉到田忌府上，对田忌说："此鬼谷先生高徒，在下以为乃当今天下奇才，遭庞涓妒害，身残至此，今载来送与将军。"田忌听后大喜，对孙膑十分友善，并以待客之礼对待他。孙膑便在田忌府中住了下来，两人交往一久，田忌渐渐地觉得孙膑智慧才能确如使者所言，对他更加看重。

　　一日，田忌被齐侯诸公子约去，下大赌注作赛马赌博。孙膑也随同前往。这时田忌已与诸公子赌了几次，孙膑在旁观察，发现双方投入的马奔跑能力相差并不太远，双方马力有上中下三等。于是孙膑来到田忌面前，对田忌说道："将军只管下大赌注，臣能令将军获胜。"因为田忌已知孙膑有高才，当即相信，说道："愿听从先生为不才谋划。"于是田忌便下了千金的赌注，跟齐王与诸公子比赛。比赛开始时，孙膑对田忌说："现在请将军把你参赛的下等马跟他的上等马比，再取你的上等马跟他的中等马比，取你的中等马跟他的下等马比。"田忌听后，立即照孙膑的话去做。结果三个等级的马赛完后，田忌输了一次，胜了两次，终于赢得了齐王的千金。

田忌回府，盛宴孙膑。他说："先生果然是大智之人，必精于兵法。"孙膑便借着酒兴把自己从师学习兵法之事简略说了一遍。田忌说道："先生这等人，岂可久困我处，理应在王身边，为国尽力。"

第二天，田忌去见齐威王，礼毕，齐威王说道："将军不愧为将才，赢寡人千金。"

田忌说道："王有所不知，昨日赛马得胜，非我之能，是孙膑为我谋划。"接着便把孙膑的策划及他的经历详细地说给齐威王。

齐威王听后大惊，说道："竟有如此之人？速领他来见寡人。"

田忌立即将孙膑带到齐威王面前，齐威王虚座相待，向孙膑讨教兵法，果如田忌所说，便拜了孙膑为师。

魏惠王三十七年，魏以庞涓为将，讨伐赵国，赵国见形势危急，前去向齐国求救。齐威王决定救赵，选派兵将之时，威王想任命孙膑为将军。孙膑推辞说："我是受过刑罚的人，不可做将。请王仍以田忌为将，我可做他辅佐。"齐威王听后，觉得有理，便仍任田忌为将，任命孙膑为军师，让孙膑坐在有帷帐的车中制定计策，不让魏国发现他。

齐军出发后，田忌打算领兵直奔赵国。孙膑说道："要解开纠缠在一起的乱丝团的人只能用手慢慢解，不能攥拳头使劲扯。劝解争斗的人不能奋力搏击，要撇开力量充实之处，直捣其空虚的地方，阻止它的发展。现在救赵也应本着这个道理。将军想想看，现在魏国攻打赵国，其精兵锐卒必定全用在外面，老弱之兵留在国内。所以将军不如领兵速奔其首都大梁，占据大梁的要道，攻击其空虚之处，魏必放弃攻赵回兵自救，这样我们一举即可解赵围，也可收到使魏疲惫的效果。"田忌听从了孙膑的计策，领兵去攻大梁。魏军闻报，立即撤离赵国首都邯郸，回师与齐国在桂陵处相遇，由于魏兵久战，且又长途行军，十分疲惫，被齐军打得大败而逃。

十三年后，魏国伙同赵国攻打韩国，韩国来向齐国求救。齐国又任命田忌为将，孙膑为军师，前往救韩。这一次，孙膑仍让田忌直捣魏都大梁。魏将庞涓听到后，赶快撤离韩国回军。这时齐军已越过边境进入魏国。魏军在后紧紧追赶。孙膑对田忌说，"魏军现在肯定已经撤回自救，正跟在我们后面。他们一向勇猛，轻视齐兵。善于作战者要就着形势向有利于己的一方引导。依照兵法，行百里争利的要损失上将，行五十里争利的，其军只能有一半到达。根据这些情况，我们现在要造供十万兵做饭用的灶，明天造供五万兵做饭用的灶，后天造供三万兵做饭用的灶，他们从后面见了，必然认为我军兵员锐减，会更轻视我军。而我军在险处埋伏起来，攻其不备，必大获全胜。"田忌依计而行。

再说庞涓率军紧追齐军，看到齐军已由十万灶减到三万灶的兵力，心中大喜，说道："我本来知道齐军是一伙胆怯之徒。进入我地三天，士卒已逃亡过半，我何惧哉！"于是丢下率领的步兵，只带轻装精锐的部队两天当作一天走，飞速追赶齐兵。孙膑在前，估计了一下魏兵的行程，知当晚应到达马陵道处。他察看了一下马陵道，见其道狭窄，两旁多山，可以埋伏兵马，立即把路旁的一棵大树树干砍掉，树皮露出白色后，在上面写上字："庞涓死在此树之下。"然后命令百名善射的弓弩手夹道埋伏，告诉他们说："晚上一看道中有火光就一起放箭。"一切部署完毕，田忌与孙膑便将大军稍稍往前开进一段路程。

果然如孙膑所料，庞涓当晚真的来到马陵道中。他朦胧中发现大树被砍白处写有字，立即命人点火看个究

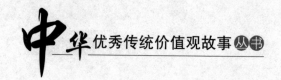

竟。还没等把那上面的字读完，齐军万箭齐发，魏军受到这突然的猛烈攻击，一时大乱四散，孙膑见庞涓中计，立即反身冲杀。庞涓自知智穷兵败，仰天长叹："终于让孙膑这小子成了名。"说罢自杀而亡。齐军乘机大破魏军，俘虏了魏太子申凯旋。孙膑由此名扬天下。

◆ 孙膑提出以"道"制胜的原则，强调必须遵循战争本身固有的客观规律去指导战争，夺取胜利。孙膑忍辱负重、足智多谋、冷静做事、胸有成竹，是个军事奇才。

4. 巧布火牛阵的田单

田单，妫姓，田氏，名单，汉族，临淄人。战国时田齐宗室远房的亲属，任齐都临淄的市掾（秘书）。后来到赵国作将相。前284年，燕国大将乐毅出兵攻占临淄（今山东淄博东北），接连攻下齐国七十余城。最后只剩了莒城（今山东莒县）和即墨（今山东平度市东南），田单率族人以铁皮护车轴逃至即墨。清《睢州志·浮香阁轶闻绝句之十七·袁参政枢（袁可立子）》："升平父老能传说，亲见田单破敌时。"

战国时期，燕昭王以乐毅为将，联合齐、魏、韩、赵等国大举伐齐，很快就夺取了齐国七十多座城镇和大部分国土，弄得最后齐国只剩下即墨和另外一座城市了。逃难的齐国百姓纷纷涌向这两座城市。在逃难的人群中，有一个叫作田单的人，路上表现出惊人的才智，一时获得很高声望。即墨守将战死之后，城中无主，众人就推举他做了守将。这时燕军在城外正紧紧围困着即墨，形势十分严峻。田单一边巡城抚

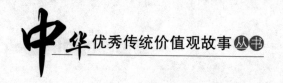

慰百姓，一边潜心琢磨解去燕军包围的办法。他知道乐毅是当时的一位名将，城外的燕军就由他指挥。可偏偏这时，非常信任乐毅的燕昭王死了。昭王的儿子即位做了燕惠王。田单派人了解到燕惠王在当太子时就与乐毅不和，心中大喜，马上派出人去，到燕国四处散布流言，说齐湣王已经死去了，齐国势单力孤，小小的即墨城却久攻不下，原因就是乐毅与新燕王不合，在那里借围即墨为名，采用缓攻的办法收买民心，打算自立为齐王。现在齐国军民就怕燕国换掉乐毅，如果换掉乐毅，即墨就难以保全了。这流言很快便传到燕惠王耳中，燕惠王一向与乐毅有怨，立即信以为真，马上传令解除了乐毅的兵权，派一个名叫骑劫的人去接替乐毅的职务。乐毅发觉大事不妙，赶紧逃往赵国。因为乐毅本无反心，燕惠王听信流言，撤去了乐毅之职，让平庸无能的骑劫来指挥，士兵们心中都愤愤不平，军心顿时涣散下来。

反间计轻而易举地获得成功，让田单感到十分高兴。他知道骑劫根本不是一个将才，解围的信心就更加坚定了。

田单首先想办法振作民心士气。他利用人们尊敬祖先的习惯，下令城中军民每次吃饭前都要先祭奠祖先，祷告一番。一次，城中飞入数千只鸟，人们都感到十分惊奇，田单乘机对军民们说："这是上天派来的神鸟，看来上天会保佑我们齐国的，还会给我们派来军师呢。"恰巧有个胆大的士兵在田单身后说了一句："我能当军师吗？"那士兵自知这话说得太冒失，担心被杀头，立即想跑，田单一把把他拉住，推到屋里，向那位士兵作揖打躬，尊其为神师。那位士兵吓得不知如何是好，忙说："我是信口胡诌，不是神师啊，请将军治我的罪吧。"田单忙用手捂住他的嘴，朝着那士兵的耳朵悄悄地说："你不要吭声，好好当你的神师，将来我会奖赏你。"士兵无奈，只好硬着头皮当了下去。这事在即墨城中马上传扬开了，人们说上天派来了神师，即墨看来不会被攻破。民心大定，田单还特意拉了神师去检阅队伍，以神师名义发号施令，部队士气一下子得到激励，战斗力大大增强了。

为进一步激发军民同仇敌忾的情绪，田单又派人到燕军中散布说："守城的齐兵最怕被燕兵抓去割掉鼻子，燕兵如能把现在抓到的齐兵俘虏鼻子割掉，给守城的齐兵看，齐兵一定会不敢出城打仗了。"骑劫不知是计，立即照作，守城齐兵见燕兵如此残忍，群情激愤，发誓宁可战死，也不做俘虏。

接着田单又派人出去散布说，齐人最怕燕兵挖他们

的祖坟，燕兵如果去挖他们的祖坟，即墨城中的军民必然人人寒心，说不定会开城请降。骑劫也不知是计，立即派燕兵去挖齐人祖坟，将尸体抠出，当着城上齐兵的面焚尸扬灰。城上齐兵及百姓见状，无不悲愤，前来向田单请战，愿去同燕军决一雌雄。

田单见时机已经成熟，立即把成年男子编成一队，加紧训练，又把妇女老幼编为一队，令他们担当守城任务。接着把城内一千多头黄牛集中起来，让人在牛身上画上五彩龙纹，披上红色丝布，再在角上绑上尖刀利刃，最后又在牛尾上系上浸透油脂的草捆。田单亲自验看，觉得没有问题之后，下令在城墙下面挖了十个大洞。一切准备妥当，田单派人把城中的金银财宝收集起来，派几名富豪送给燕军，让他们向燕军哀求说城中军民马上要开城投降了，我们几位现在把家中的全部财宝献上，恳求大军进城后保护我们全族安全，不受掳掠。燕军将领接受了财宝后，无不眉开眼笑，静等田单出城投降，军中上下毫无任何戒备。骑劫见马上要取得夺城大功，召集一些心腹将领狂饮起来。天色渐渐地黑下来，燕军还在作乐，这时只见即墨城墙下十洞大开，燕军都以为是齐人自己挖开前来投降的，正在欢呼，忽见洞中涌出黄牛，牛尾燃着熊熊烈火，那火将牛烧痛，牛便发起性子，直向燕军阵中冲去，城上妇女老少一齐敲起铜盆铁锅，大声呐喊。紧跟火牛后面，又杀出五千精兵。燕军见此情景，一个个惊吓得两腿发软。这时，只见那一千头火牛，将那角上明晃晃的尖刀利刃猛刺燕军，燕军阵营立即大乱，人人争相逃命，五千齐兵趁势挥舞大刀长矛，任着性子，大砍大杀，直杀得燕兵尸横遍野，骑劫也死于乱军之中，即墨之围顿时解体。接着田单率领齐兵乘胜追击，开展大反攻，很快就把燕军驱出国境，收复了所有的城邑，光复了全部国土。

◆ 田单先是用离间计使燕军换将，又让百姓假意投降，麻痹敌人，由坚守防御转入反攻，然后巧布火牛阵一举打败了燕及诸国军，尽复齐国失地，是收复国土的一次著名战役。

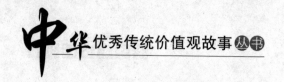

5. 运筹帷幄的张良

张良，字子房，汉族，传为汉初城父人，今亳州市城父镇。汉高祖刘邦的谋臣，秦末汉初时期杰出的军事家、政治家，汉王朝的开国元勋之一，"汉初三杰"（张良、韩信、萧何）之一。以出色的智谋，协助汉高祖刘邦在楚汉之争中最终夺得天下。待大功告成之后，张良及时功成身退，避免了韩信、彭越等鸟尽弓藏的下场。张良在去世后，谥为文成侯（也称谥号文成），此后世人也尊称他为谋圣。《史记》中有专门的一篇《留侯世家》，用以记录张良的生平。

秦二世元年，项梁拥立了原楚怀王之孙熊心为楚怀王。年末，怀王命令项羽、刘邦分兵向西伐秦。

刘邦取道颍川、南阳，准备从武关攻入关中。张良当时任新立的韩王司徒之官，和韩王驻守颍川。刘邦西进到达颍川后，得知张良在此，立即与张良合兵一处，连夺秦国十余城。接着，大军直逼秦南阳城，南阳太守弃城退守宛城。刘邦当时看到形势十分有利，想绕过宛城，直扑武关，便把这个想法说给了张良。张良听后，沉吟半晌，对刘邦说道："主公目前所握之兵仅有二万，所要前往攻打的秦兵几倍于主公，而且他们士气尚强，主公绕过宛城去打武关，等于夹在秦兵中间，如果他们前后对主公夹击，主公必难以抵挡。在下以为主公应先取宛城，它是秦的一个要塞，夺了宛城，秦兵就会产生恐惧心理，这样再前进，胜利的把握就大得多了。"

刘邦听后茅塞顿开，立即按张良的主张去攻打宛城，南阳太守最后乖乖投降，刘邦对其大加封赏。谁知这样一来，全郡数十城纷纷请降，结果刘邦未费吹灰之力，便占领了南阳全郡。接着挥军很快攻破通往关中的门户武关，将大军浩浩荡荡开进秦王朝的腹地。

守在咸阳的秦二世君臣听闻武关失守，十分恐慌。这时指鹿为马的丞相赵高索性将秦二世杀死，立了子婴，派人与刘邦通话，请求分王关中。张良见状，对刘邦说道："主公须知，秦王君臣如今已成瓮中之鳖，只要主公前进，秦朝便不复存在了。主公可不要失去良机啊！"

刘邦听后，深觉有理，立即挥师西进。数日后，便兵临峣关。这峣关是通往咸阳的最后一道关隘，攻下它，咸阳唾手可得。可是在这里，驻扎着秦王朝的重兵；而且峣关险要，易守难攻。刘邦此时又犯了急躁

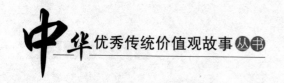

病，想派出二万精兵强攻速取。张良急忙劝刘邦说："关隘险要，此所谓一夫当关、万夫莫开之地，而且秦又在此部署了重兵防守，像主公这样举动，不啻饿虎投食，事必与主公所愿相违。"

刘邦此时已与张良交往甚久，每逢关键时刻听其一言，必然会化险为夷，取得胜利。此时他听张良说出此话，便立即停止了自己急进的想法，向张良请教计策。

张良说道："卑职以为当下应该智取。"

刘邦说道："愿听足下谋划。"

张良说道："卑职听说峣关守将是些屠夫之子，商贾小儿本有唯利是图之性，可凭财宝将其打动。主公如今可在营中按兵不动，外表虚张声势，在各山上设军旗，作为疑兵，再增修五万人用的炉灶器具，让他们感到大兵压境。然后再派上郦食其持重宝，恩威并重，收买他们。"

刘邦听后，立即听从张良之计，一边广布疑兵，一边派出郦食其携金帛玉宝，入关行贿。郦食其一边向秦将献重宝，一边伺机向他们宣讲天下大势和目前局势。秦守将哪知虚实，一个个贪财如命，立即许下与刘邦合攻咸阳之愿。

郦食其回营把情况向刘邦作了如实汇报，刘邦听后大喜，准备照郦食其说的采取行动。张良立即向刘邦进言说："主公且慢，郦生之言固然可信，不过秦军之中，现在只可说是其将想叛，而其兵卒却未必听从，贸然与其合兵，祸将不测。"

刘邦说道："依卿之见，该当如何？"

张良说道："现今秦守关之将已有叛心，必日夜盼望与主公合兵倒戈，对主公必不加警惕。主公应借机挥军歼灭其师，方为万全之策。"

刘邦听后，对张良此计佩服得五体投地，连称妙！妙！妙！立即领兵绕过峣关，穿过蒉山，挥师向秦军杀将过去。秦将各个原本并无防备之心，猝然遭变，顿时慌了手脚，结果，大败而走。刘邦就这样轻而易举地攻占了峣关。接着便将大军一直推进到灞上，兵临咸阳。这年十月，秦王子婴走投无路，只好开城投降。

◆ 张良虽是文弱之士，不曾挥戈迎战，却以军谋家著称。他一生反秦扶汉，功不可没；筹划大事，事毕竟成。历来史家，无不倾墨书载他那深邃的才智，极口称赞他那神妙的权谋。

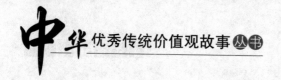

6. 明修栈道的张良

张良，字子房，汉族，传为汉初城父人，今亳州市城父镇。汉高祖刘邦的谋臣，秦末汉初时期杰出的军事家、政治家，汉王朝的开国元勋之一，"汉初三杰"（张良、韩信、萧何）之一。以出色的智谋，协助汉高祖刘邦在楚汉之争中最终夺得天下。待大功告成之后，张良及时功成身退，避免了韩信、彭越等鸟尽弓藏的下场。张良在去世后，谥为文成侯（也称谥号文成），此后世人也尊称他为谋圣。《史记》中有专门的一篇《留侯世家》，用以记录张良的生平。

项羽西屠咸阳之后，宣告了秦王朝彻底灭亡。接着项羽便以霸主的身份和威势大封诸侯，他完全违背了当年与刘邦在义帝面前约定的谁先入关谁为王的许诺。为了挟制刘邦，防备他与自己争夺天下，便将刘邦封在巴蜀，把关中分封给秦的三个降将，让他们阻挡住蜀道，不令刘邦出来。

刘邦接令之后，心中十分不愉快，他觉得项羽欺人太甚，立即找来几个武将商量，想率军跟项羽决一死战，出一口恶气。萧何当时在场，赶忙规劝刘邦，让刘邦暂时接令去巴蜀作王，在那里以屈求伸，待力量强大时再图大业。刘邦听后，沉默不语，过了一会，回头问张良怎么办好，张良说道："我的主张和萧何相同，因为以大王现在之力去击项羽，确实是以卵击石，所以还是先去巴蜀。项羽当前最怕的是大王，他把大王封在巴蜀已证明了这一点。大王现在首要的是保住自己的力量，千万不可露出机锋，让他彻底消除对大王的疑虑，以柔治刚。"

刘邦听了张良之言后，气才消了下来。张良又说道："大王与项伯曾约为儿女亲家，他是项羽之叔，一些事情，项羽还听他的。多贿赂他些金帛，再让他为大王请求加封汉中之地，这样，秦岭以南三郡连成一体，其势就足以独立了。"

刘邦听罢，立即照张良之言，重贿项伯，项伯果然为他请来了汉中，并允许定都南郑，从此刘邦便成为汉王。

项羽分封诸侯完毕，自己做了西楚霸王，宣令各自罢兵还国。汉王临行前，张良因为要去臣事韩王，不能随汉王前往汉中，便前去送行。二人依依惜别。张良又献计道："大王此番就国，务必养精蓄锐，暗中壮大力

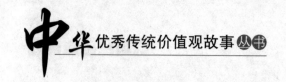

量。"说罢，用手一指通往巴蜀汉中之地，接着说：

"前方崇山峻岭，沿途都是悬崖峭壁，自古以来，只有一条栈道凌空高架，引渡行人。大王之兵每过一条栈道，便要将它烧毁，切记。"

刘邦说道："这是为何？"

张良说道："此举含有二意，一是烧了给诸侯看，向他们显示你没有东归之心，项羽对你的疑心就全部打消了，你在那里可以放心地积蓄力量；二是将栈道烧掉，通往巴蜀汉中的路也就绝了，项羽或其他诸侯想要进犯大王，必会遇到障阻。百利而无一害。"

刘邦听罢，连连点头称是。就依照张良之计，焚毁了所经过的全部栈道。项羽及各路诸侯远远望见刘邦所行道上烟尘滚滚，忙派人打探究竟，得知汉王在烧毁栈道，心中无不大喜。尤其是项羽，更比其他人高兴，骑在马上，对范增说："看样子，汉王真要长久当他的汉王了，我们开始还怕他，现在可以放心了。"

◆ 刘邦就这样用了张良之计，彻底麻痹了项羽对他的警惕，使他在汉中养精蓄锐，不久便暗度陈仓，同项羽展开了争夺天下的大战。

7. 暗度陈仓的韩信

韩信，淮阴（今江苏淮安）人，西汉开国功臣，中国历史上杰出的军事家，"汉初三杰"之一。曾先后为齐王、楚王，后贬为淮阴侯。为汉朝的天下立下赫赫功劳，但后来却遭到刘邦的疑忌，最后被安上谋反的罪名而遭处死。韩信是中国军事思想"谋战"派代表人物，被后人奉为"兵仙""战神"。"王侯将相"韩信一人全任。"国士无双""功高无二，略不世出"是楚汉之时人们对其的评价。

刘邦到汉中之后，听从丞相萧何的建议，举行隆重的典礼，拜治粟都尉韩信做了大将。经过一番考察，刘邦发现韩信的确是一个了不起的将才，便当众把军事训练、指挥的大权交给了韩信。韩信为报知遇之恩，竭尽全力训练将士，没过多久，汉王之军便已壁垒一新。

一日，刘邦与韩信谈起天下大事，韩信寻机试探说道："按照当时在义帝面前之约，王关中者当是大王，可是项王却把那里交给了秦的三个降将，而把大王封到

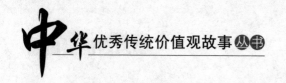

这个易进难出之地，项王的用心是可想而知的，难道大王就这样甘心地守在这里终老吗？"

刘邦沉思了一会，说道："当日迫于无奈，只好权且如此。想我刘邦，自斩白蛇起兵，身历百战，难道就是为了称王巴蜀汉中？将军为我谋划，我必将东征，一匡天下。"

韩信笑了笑，说道："早知大王必存此意。臣以为现在便是东征之时。攻战三秦，指日可待。"

刘邦说道："我入汉中之时，用张良之计，全将栈道烧毁，而栈道是出蜀唯一通道，几十万大军，离开这条栈道，除非长有翅膀，不然怎可直捣三秦？"

韩信听后，又哈哈一笑，说道："大王何虑，正是由于大王当年烧毁栈道，才给我等今日攻战三秦之地创造了条件。"

刘邦说道："将军此话怎讲？愿闻其详。"

韩信说道："世人都知栈道是入蜀出蜀唯一通道。今被大王烧毁，在世人眼中，巴蜀汉中早已成为一个绝地。三秦之王怎能担心大王有朝一日令神兵天降呢？"

刘邦说道："依将军之意，我们袭三秦可不走栈道？"

韩信说道："正是此意。不过兵不厌诈，为确保我师偷袭成功，明里却必须给三秦之王造成我们要从栈道

—— 26 ——

出蜀的假象。"

刘邦说道:"这假象要怎样才造得真?"

韩信说道:"派上数百汉兵,虚张声势地去修给三秦王看,然后我们绕道直逼陈仓方向,陈仓乃通向三秦的要道。占领了陈仓,三秦指日可得。"

刘邦听后,脸上立即露出笑容,连连称妙,当即发令,分派部署了修栈道之兵,便在这年八月,择个吉日,与韩信一道统率大军绕道向陈仓进发。

被封为三秦王之一的雍王章邯,曾奉项王密嘱,担当阻挡刘邦兵出汉中的第一重任。那章邯受了项王好处,最初十分尽心,平日总是派兵侦察瞭望,未见任何迹象。后来一想,那汉王若想杀出汉中,必然要经过栈道,而栈道未曾修筑,要出汉中,万万不能。这样想了之后,也就不再防备。

一日,忽有探卒报告说有数百汉兵在修理栈道。章邯听后,手拈胡须,笑道:"栈道如此之长,毁易修难,区区几百人,怎能济事?汉王当年要想东来,当日何必烧绝栈道?如此看来,真是愚笨极了。"竟然毫不介意。

八月中旬,探卒忽然来报,说汉兵已抵陈仓,章邯这时仍然怀疑是士兵说谎,对左右说道:"栈道并没修好,汉兵从何而来,难道是插翅飞来的吗?诸位不要庸人自扰。"

没过几日，便有陈仓逃兵跑来，报称汉王亲统大军，以韩信为大将，攻占了陈仓，杀死守将，不久就要发动进攻。章邯听后，才信以为真，立即率兵前往陈仓探看究竟，途中恰遇汉兵整队东来，两下相遇，立即交战。那汉兵积愤极深，恨不得一下占领三秦，离开汉中，无不奋不顾身，以一当十，不多几时，便将章邯军杀得丢盔弃甲，尸横遍野，大败而逃。刘邦韩信乘胜前进，没过多久，便攻占了三秦土地。

◆ 一个"明烧"，一个"暗度"，张良、韩信携手，珠联璧合，成为历史上一段脍炙人口的佳话。

8. 背水一战的韩信

韩信，淮阴（今江苏淮安）人，西汉开国功臣，中国历史上杰出的军事家，"汉初三杰"之一。曾先后为齐王、楚王，后贬为淮阴侯。为汉朝的天下立下赫赫功劳，但后来却遭到刘邦的疑忌，最后被安上谋反的罪名而遭处死。韩信是中国军事思想"谋战"派代表人物，被后人奉为"兵仙""战神"。"王侯将相"韩信一人全任。"国士无双""功高无二，略不世出"是楚汉之时人们对其的评价。

楚汉战争中，刘邦大将韩信率领三万兵马去攻打赵国。这三万兵马，其中大部分都是新兵。赵王闻报，立即召集谋臣商议对策，谋臣都一致主张以多胜寡。赵王听从了大家的意见，与大将陈余率领二十万兵马，聚集在赵国的西部门户井陉，阻止韩信东进。

赵王此番是御驾亲征，群臣都知道大王前来许胜不许败，大家必须尽力。于是便有谋臣李左车出来献计说："韩信刚刚打败了几个国家，又乘胜来攻打我国，

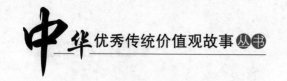

锐气不可抵挡。我军只宜在正面深沟高垒，坚壁不出，把敌兵阻挡在车不能并行、马不能成列的不利地形上。若是这样，给我三万兵马，抄袭汉军后路，切断其粮道，堵住他们的后路，令其进退两难，不出十天工夫，便可将韩信的头献给将军。"

陈余听后，傲慢地把头摇了几摇，说道："哪里哪里，韩信率兵犯我，我是正义之师，正义之师要恪守正义，不用诈谋奸计。而且你懂什么，韩信远道而来，兵力不多，人员疲惫，面对这样的军队，不敢同他正面交战，别人岂不要说我胆怯无能。我今日只要随便地打一仗，就会将韩信活捉到手。"

李左车听后，慑于陈余的权力，只好默不作声。

韩信派出的耳目把陈余拒绝听从李左车的建议一事飞快报告给了韩信，韩信听后心中十分高兴。因为他知道假如陈余听从了李左车的建议，自己要想取胜便会十分不易。现在事情完全向着自己的有利一面进展，夺取胜利便指日可待了。于是韩信立即命令大军向前开进，在离井陉三十里的地方驻扎了下来，开始策划怎样去夺取这场胜利。韩信灵机一动，立即选派二千精干的士兵，让他们每人拿一面汉军的旗帜，秘密从小道绕到赵军营寨侧翼的高地埋伏起来，观察敌人的动静，并告诉他们一旦发现赵军全部出动，便去抢占他们的营寨，拔掉他们的旗帜，插上我军的旗帜，发现赵军后撤，便勇猛冲杀。二千士兵遵命而去。韩信马上又部署手下兵将，他先让兵将吃点干粮，对兵将说："此战胜利后再饮酒欢庆吧。"兵将们听后，对打胜仗心中没底，因为敌我兵力相差悬殊，眼下要战胜赵兵十分不易。有的士兵甚至怀疑韩信疯了，以至于破口大骂。韩信全不在意，待兵将们吃完，韩信派出一万余名兵力来到井陉口外绵蔓河岸边，背水摆开了阵势，以待敌军。

第二天天一亮，双方开始交锋。韩信命令士兵打起大将旗帜，主动向井陉口的赵营冲杀过来。陈余在营垒中看见汉兵背靠大水列阵，大笑不止，连连说道："刘邦派了此等庸才与我较量，岂不是将几万生灵白白送死，真是罪过。"陈余一边观望，一边见汉兵冲到面前，下令大开城门，号令全军出动，与汉军决一死战。双方交锋，不到几个回合，韩信便命令汉兵假装抵挡不住，纷纷向后撤退。赵兵哪里知道是诈，在陈余的指挥下，奋勇进击，离赵营越来越远。韩信的士兵退到河岸边，已经无路可退。只听韩信派人大喊："士兵们，前进是死，后退无路可走，也难逃一死，不如前进杀敌以求生。"汉兵见情况的确如此，立即争先拼命向赵军杀去，无不期望必胜，赵军哪里能抵挡得住，且战且退，直被杀得尸横遍野，而汉军始终斗志不减，步步紧逼。看看到了中午，赵军已退到离兵营不远的

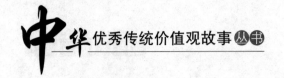

地方，跑到前面的一些赵兵举目一望营垒，大叫起来："不好啦！汉军占领我们的军营啦！"陈余听到喊声，忙举目一看，见军营内果然全都插上了汉军旗帜，以为军营已被汉兵夺取，立即慌乱起来，前无坦途，后有追兵，兵将们一时不知如何是好，慌作一团，这时汉兵在韩信指挥下，飞快地赶上了赵兵，拼命冲杀，结果陈余阵亡，赵王被活捉，赵国大败。

庆功之时，有些将领借着向韩信敬酒的机会，问韩信说："兵法上一直都说不可背水布阵，将军却反其道而行之，竟然打了胜仗，这是上天的帮助吧？"

韩信一边饮了所敬之酒，一边说道："这不是什么上天的帮助，我这样布阵其实正是按兵法所作。兵法上不是说'投之亡地而后存，陷之死地而后生'吗？这次与赵军作战，士兵大都不曾受过严格训练，敌军人数又多，如果不背水布阵，我军哪里会有那股死里求生的勇气？面对强大的敌人还能打胜仗吗？"

众人听后，恍然大悟，莫不交口称赞他用兵如神。

◆ 司马光评价韩信："世或以韩信首建大策，与高祖起汉中，定三秦，遂分兵以北，擒魏，取代，破赵，胁燕，东击齐而有之，南灭楚垓下，汉之所以得天下者，大抵皆信之功也。"这足以证明韩信的过人才能。

9. 屡出奇计的陈平

陈平，阳武（今河南原阳）人，西汉王朝的开国功臣之一。在楚汉相争时，曾多次出计策助刘邦。汉文帝时，曾任右丞相，后迁左丞相。

汉三年（前204）四月，项羽把刘邦围困在荥阳已达一年之久了。这个时候，刘邦已陷入极度不利的局面。楚军割断了刘邦的外援和粮草通道，荥阳完全成为与外界隔绝的一座孤城。刘邦几次派人表示要与项羽讲和，项羽极度痛恨刘邦前番归汉后乘虚攻打楚军老巢，再次挑起战争的失信行为，知他有独占天下的野心，如今总算让他陷入死地，怎肯再度放虎遗患？所以根本不答应与刘邦和解。

刘邦待在孤城的营帐中，坐卧不宁。他没有突围之力，也没有解围之策，情绪十分低落。

陈平走进帐来，见刘邦忧心忡忡，说道："大王何事如此沮丧？"

刘邦说道："你来得正好，我自把你收留在我身边，

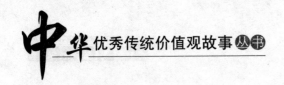

升以高位，便已视你为奇才，然而你至今还没有为我筹划一策，现在我要问计于你。"

陈平说道："请大王言来。"刘邦说道："我军看来已陷入死地，我之忧虑，正为此事。你可有良策扭转时局？"

陈平说道："现在情况确实比较危险，不过突围的可能我看还是存在。"

刘邦说道："谅你不是妄言欺我吧？"

陈平说道："为臣怎敢妄言以欺大王。请听为臣说来。臣以为楚军久围荥阳，士气已怠。我们如今之所以还击不破楚军之围，是因为有亚父范增、钟离昧、龙且、周殷等人在项羽身边。如果能先将这些人除掉，项羽就好对付了。"

刘邦说道："岂能轻易除掉？项羽难道不知这些人的作用？"

陈平说道："为臣原在项羽部下，知他为人生性猜忌信谗，范增虽被他尊为亚父，但毕竟不是他的本家，其他人屡建战功，未得尺寸之封，我们可以利用这一点纵行反间之计。"

刘邦说道："此计固然很妙，不过要成功恐怕未必容易。"

陈平说道："请大王给我四万金，臣为大王施行。"

刘邦听罢大喜，立即付给陈平四万金，任他去做。陈平收了四万金后，取出大半，交给心腹小校，让他们扮作楚兵模样，怀金出城，混入楚营，重贿项羽左右，让他们散布说钟离眜等人身为楚王大将，功劳卓著，却不能裂土封王，心存怨愤，想与汉军联合，同灭项氏，分王其地。那些人得了钱财，果然照做，一时流言迭出，范增当然也在所散布的流言之内。这流言很快便传到了项羽耳中，项羽听后果然产生了疑心。他首先疏远了钟离眜，对他不再信任，对待范增，则是半信半疑。陈平把这一情况打听明白，决心再施一计把范增除掉。几日之后，陈平得到消息，说项羽想派使者打着议和的幌子到汉营探察事情真伪，心中大喜，仰天叹道："这真是天意！"立即布置了圈套。不久，项羽派出的使者果然来到了汉营，陈平马上指使侍从抬进牛羊鸡豕、美酒佳肴，放在楚使面前，做出要大规模款待楚使的样子，楚使心中十分高兴。不一会，陈平恭谨地走了进来，寒暄之后，陈平说道："亚父近来起居如何？他可曾有手书让你们带来？"

楚使说道："我们是项王派来的，为何不问项王而问亚父？"

陈平故作惊讶地说道："原来如此，我以为是亚父派来。"说罢脸色一沉，走出屋去。

不一会，外面跑进几个厨役，将先前抬进的牲饩酒肴抬出去，一边往外抬，一边窃窃私语说："他们不是亚父派来的，哪配享用这样高等的菜肴。"弄得项王使者惊愕万分，极为难堪。东西抬出之后，再也不见动静，直到日影西斜，楚使已饥肠如鼓，才见一两个人给他们拿进饭食。楚使一看，无非是些蔬食菜羹，劣不堪吃，越想越恼，竟然愤愤离去，直回楚营。

回营之后，这几个人添枝加叶，向项王尽情地汇报一番，项羽听罢，心中十分气恼，马上想把范增召入，问个究竟。左右劝项羽不可过于鲁莽从事，提防敌人诡计，项羽才强忍这口恶气。

范增哪里知道项羽已怀疑他与刘邦有私，仍然一个心思来劝项羽速攻荥阳，消灭刘邦。尽管范增把有利的形势说得天花乱坠，项羽心中也完全不信，不但不信反倒认为是设计害他。范增见项羽这样，便朝项羽高声说道："也罢，天下事成败已定，请君王好自为之，臣乞还这把老骨头，退归乡里！"说罢掉头就往外走，项羽也不挽留。范增回到住处，思量项羽这样绝情，便将项羽所封历阳侯印绶派人送还项羽，草草整装，即日东归，送行时项羽也没有来。范增走在路上，又气又恨，将到彭城，背生恶疮，一病而死。

刘邦见陈平反间计成功，大为欢喜，极赞陈平之才。陈平借机对刘邦说道："大王准备突围吧。"刘邦忙问何计，陈平附耳告诉了刘邦，刘邦坚信不疑，立即去做准备。

几日之后，陈平派人出城向楚军散布说汉王粮尽援绝，打算开城投降，项羽与楚军已知汉王的确粮尽援绝，便对这个流言相信不疑。陈平在荥阳城内安排将军纪信冒充汉王，前往诈降，项羽失去范增，哪知其中有诈，立即准降。陈平马上又选了二千女子，让他们身披铠甲，手执仪仗，与假汉王一同出发。其时正当夜间，陈平命令打开荥阳东门，放出假汉王与二千女兵，那些女兵忸怩作态，故意卖弄风骚。楚军见汉王出降带来女兵，十分好奇，都争先恐后地拥向东门观看，西门围城敌兵马上走个一空。陈平见时机成熟，引了刘邦，打开西门，飞速逃往关中。天亮时分，项羽才发现中计，立即派人去追刘邦，哪里能追得上，只好任刘邦逃脱。

◆ 陈平的"六出奇计"为刘邦夺取天下起了重要作用。历史典籍中给他总结的六种计策是：第一，离间项羽、范增，楚势由此颓衰。第二，乔装诱敌，使刘邦从荥阳安全撤退。第三，封韩信王郊，使韩信耿心效命刘邦。第四，联齐灭楚，刘邦于是战胜项羽。第五，计擒韩信，使刘邦翦灭异姓王而固其刘家天下。第六，解白登之围，使刘邦脱离匈奴险境。司马迁对此评价说："六奇既用，诸侯宾从于汉；吕氏之事，平为本谋，终安宗庙，定社稷。"

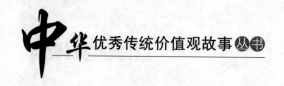

10. 相机而动的张良

张良，字子房，汉族，传为汉初城父人，今亳州市城父镇。汉高祖刘邦的谋臣，秦末汉初时期杰出的军事家、政治家，汉王朝的开国元勋之一，"汉初三杰"（张良、韩信、萧何）之一。以出色的智谋，协助汉高祖刘邦在楚汉之争中最终夺得天下。待大功告成之后，张良及时功成身退，避免了韩信、彭越等鸟尽弓藏的下场。张良在去世后，谥为文成侯（也称谥号文成），此后世人也尊称他为谋圣。《史记》中有专门的一篇《留侯世家》，用以记录张良的生平。

汉二年（前205）四月，汉王刘邦乘西楚霸王项羽集中兵力于齐地之机，兴兵往东直捣楚都彭城。彭城虽然打了下来，但很快又被项羽回救之师夺了回去，刘邦被驱出彭城，几乎全军覆灭，退据荥阳修整，但项羽此时并没有给刘邦过多的喘息之机，很快便将刘邦紧紧围困在荥阳，刘邦境况一天天紧迫难支。特别是到了汉四年（前203）十月，刘邦不幸遭楚军伏弩射中胸部，这就进一步恶化了局势。而刘邦的大将韩信与刘邦分兵出击后，很快攻占了赵、楚、代诸地，这时又夺取了三齐土地，便写了一封信，派使者去向汉王刘邦报捷，并在信中向刘邦请求自己要当假齐王。刘邦展读完韩信送来的信，极为恼怒，也不管韩信的使者在场，就破口大骂起来说："这个韩信，怎么这样？我被楚军久困于此，时刻盼望你能来帮我，你竟然想着要自立为假王。"刘邦说这话时，张良正坐在刘邦身边。这张良最善审时度势，运筹帷幄，他顿时发觉刘邦出言缺乏三思，因为张良感到当时韩信的力量已发展到了对楚汉战争的胜负有举足轻重的地步，他的向背关系着刘邦事业的成败，特别是刘邦现又身处困境之中，这韩信就更不可得罪，而且刘邦即使不答应他的请求，他要自立，目前也根本无力阻止。于是他立即在案下用脚轻轻踢了一下刘邦，又附在刘邦耳畔说道："我们正处不利地位，目前看，他要称王，大王能有余力去阻止他吗？不如答应他的请求，立他为王，让他守着那里，不然的话，恐怕发生难以预料的变故，那时后果将不堪设想。"

刘邦听后，马上明白过来，顿知前言有失，随即改口又当着韩信使者的面假装骂道："韩信韩信，大丈夫既然已平定诸侯，就要做个真主，何必要做个假王？今我就封你个真王罢了。"

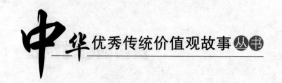

　　刘邦一向喜爱骂人，有时骂急了就前言不搭后语，这一点诸人都晓得，所以韩信使者竟然对刘邦先前那番骂毫不介意，倒把后面那番言语视为刘邦真意，于是回去报告了韩信，韩信大喜。果然不久，韩信便接到了刘邦封印，作了齐王。

　　◆　张良在非同寻常的时局下相机制宜，帮刘邦巧妙地笼络住了韩信，避免了意外变故，为刘邦日后十面合围击毙项羽作了人才准备，这一点极为后来史家所称道。

11. 深谋远虑的张良

张良，字子房，汉族，传为汉初城父人，今亳州市城父镇。汉高祖刘邦的谋臣，秦末汉初时期杰出的军事家、政治家，汉王朝的开国元勋之一，"汉初三杰"（张良、韩信、萧何）之一。以出色的智谋，协助汉高祖刘邦在楚汉之争中最终夺得天下。待大功告成之后，张良及时功成身退，避免了韩信、彭越等鸟尽弓藏的下场。张良在去世后，谥为文成侯（也称谥号文成），此后世人也尊称他为谋圣。《史记》中有专门的一篇《留侯世家》，用以记录张良的生平。

楚汉战争中，项羽和刘邦在荥阳一带展开正面的拉锯战。渐渐地，刘邦由劣势转化为优势——兵盛粮多。而项羽则由优势转化为劣势——兵疲粮绝。项羽面对这一现状，惶恐不安，便在汉四年八月与刘邦讲和，双方约定：以鸿沟为界，中分天下，其西归汉，其东归楚。

这样，到汉四年九月，项羽便解围东撤，刘邦见项羽履约，也想领兵归西，于是传下令去。张良仔细分析了一下当时形势，觉得刘邦这一举措不够妥当。他于是

去见刘邦，直言不讳地说道："主公今取西归之策，欲履君子之约，这是不可取的。"

刘邦问道："此话怎讲？"

张良说道："如今大王已占有天下大半，诸侯争相依附，兵盛粮多，正是荡平天下之时。那项羽，失道寡助，如今兵疲食尽，腹背受敌，不堪一击。这是上天所赐灭楚良机，大王怎可听任他东去？此时不击灭他，任他东去，臣以为必收养虎遗患之效。望大王三思。"

刘邦听后，心窍大开，立即采纳了张良的主张，亲统大军，向东追击项羽。到阳夏之南，派人去约会韩信、彭越合围楚军。

汉五年十月，汉军追项羽到达固陵。韩信、彭越并没出兵。项羽闻报刘邦来追，大怒，痛骂刘邦失信，立即回师攻打汉军，结果将刘邦打个惨败，刘邦损兵折将，只好躲在营垒之中，令士兵挖沟固守。他心中十分焦躁，来找张良，说道："看来，我孤军击项羽，得胜可能性不大。"

张良说道："大王速联合韩信、彭越，他二人若率兵前来，合而围之，项羽灭亡就在眼前。"

刘邦说道："到阳夏之南时，已派人约会，无奈他们不来赴约。"

张良说道："大王知他们不来的原因吗？"

刘邦一边摇头，一边发出哀叹之声。张良说道："楚兵虽然可破，但他们知道破楚后自己得不到封地，当然就不肯前来与大王共灭项羽了。大王如果能向他们明确提出破楚后与他们共分天下，他们马上就会前来。不这样，无论如何也不会招得他们前来，他们若不来，成败不可知。"

刘邦听了张良之言后，边称"子房妙算"，边立即重新派出使者，告诉韩信、彭越，说只要他们肯前来合力击楚，灭楚后，将陈地以东到海的地方分给韩信，睢阳以北到谷城的地方分给彭越。二人得到刘邦这一许诺，立即发兵前来配合刘邦灭楚。

汉五年二月，各路兵马会集垓下，合围了项羽，项羽最后因寡不敌众，在四面楚歌声中，突围败走乌江，自杀而亡。

刘邦后来谈到张良，曾发自内心地说道："运筹帷幄之中，决胜于千里之外，吾不如子房。"的确，如果刘邦没有张良在时局的重大转折关头及时献上良策，那段历史很可能是另外一种面貌。

◆ 这次虽然不是全面的战略计划，但它构成了刘邦关于楚汉战场计划的重要内容。正是在张良的谋划下，一个内外联合共击项羽的军事联盟终于形成，扭转了楚汉战争的局势，使刘邦由战略防御转为战略进攻。事实证明了张良的深谋远虑。

12. 智勇双全的李广

李广，汉族，陇西成纪（今甘肃静宁西南）人，中国西汉时期的名将。汉文帝十四年（前166）从军击匈奴因功为中郎。景帝时，先后任北部边域七郡太守。武帝即位，召为中央宫卫尉。元光六年（前129），任骁骑将军，领万余骑出雁门（今山西右玉南）击匈奴，因众寡悬殊负伤被俘。匈奴兵将其置卧于两马间，李广佯死，于途中趁隙跃起，奔马返回。后任右北平郡（治平刚县，今内蒙古宁城西南）太守。匈奴畏服，称之为飞将军，数年不敢来犯。元狩四年，漠北之战中，李广任前将军，因迷失道路，未能参战，愤愧自杀。

西汉景帝之时，北方的匈奴大举入侵上郡。景帝命令上郡太守李广训练士卒，准备迎战。

一次，朝廷派来的负有督责使命的太监率领数十名骑兵在边地驰骋，遇见匈奴模样的三个人，这位太监就指挥身边骑兵攻打这三个人，三个人回身而走，这位太监不知利害，在后追赶，结果，被一箭射伤。后来，身边的十几名骑兵也几乎都被射死了。这位太监便慌不择路，好歹逃到李广那里。李广听了这位太监的叙述，说道："他们一定是匈奴中善射之人。"说罢，立即带上一百多名骑兵去追赶这三名匈奴兵。结果射死其中的两个，活捉了一个。正准备后退返回之时，突然涌来了数千匈奴骑兵，在前方摆下阵势。这时，李广带领的百余名骑兵面对数千匈奴兵，心中恐惧，都想赶快往回逃命。李广见状，立即制止。众人说："我们仅百余人，匈奴骑兵多达数千，如不速逃，被他们包围，我们还有活命的可能吗？"

李广听后，冷静地说道："众位如果就这么逃，非但不能逃掉，而且必死无疑。你们想想看，现在，我们离开大本营有几十里路程，匈奴兵现在在前面摆下阵势，没能立即冲上来围杀我们，肯定把我们看作是诱敌之兵，我们现在一跑，就把真情暴露了出来，匈奴兵见我们只有百余人，岂有不拼命在后追杀之理？他们大都善射，我们定然要死于乱箭之中。"

众人听后，都觉有理，但又不知怎么办，请求李广赶快想出个主意。

李广想了一想，说道："现今只有一个办法，那就是我们暂且镇定自若地留在这里，跟他们对峙，匈奴兵见我们胆敢如此，必定会认为我们是大军派出诱敌之

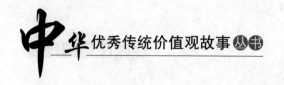

人，为防中计，他们绝不敢轻举妄动，时间一久，必会自行撤去。"

大家听后，心悦诚服，主动照李广说的办。李广于是领着众人迎着匈奴骑兵前进，到了离匈奴骑兵约二里地时，才停了下来。接着，李广命众人下马，又让众人把马鞍子卸了下来，一齐坐在草地上休息。有人吃不住劲，对李广说："我们离敌人这么近，卸了马鞍，万一他们冲过来，我们连抵抗一下的可能都没有了，还是不要卸鞍为好。"

李广说道："只有卸鞍休息，才会确保我们的安全。因为这样做更能表现出我们是诱敌之兵的样子，更会使匈奴骑兵坚信不疑，他们怎敢冲过来呢？"众人听后，立即照办。

果然如李广所料，匈奴骑兵见状疑心大增，停在前方，不敢往前进。不一会儿，有位骑白马的匈奴将军向前奔跑几步，想离近点看个仔细，李广见状立即飞身上马，迎上前去，一箭将他射死，然后李广又返回原地，干脆令大家躺在草地上休息。天渐渐黑了下来，匈奴兵见李广他们仍然不动，认定有汉兵埋伏在后，便在夜里悄悄地退走了。

天亮之后，李广见匈奴兵已经退走，心里这才一块石头落了地，他说了声"好险哪！"然后率领众人飞速奔回了大本营。

　　◆ 李广英勇善战，历经汉景帝、武帝，立下赫赫战功，对部下也很谦虚和蔼。文帝、匈奴单于都很敬佩他，但年纪不大被迫自杀，许多部下及不相识的人都自动为他痛哭，司马迁称赞他是"桃李不言，下自成蹊"。

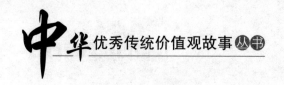
13. 围城打援的耿弇

耿弇，字伯昭，东汉开国名将。汉族，扶风茂陵（今陕西兴平东北）人。少而好学，尤爱兵事。耿弇久经战阵，用兵重谋，战功显著，共收取四十六郡、三百余城。在东汉中兴功臣——"云台二十八将"中，耿弇排名第四。他勇猛善战，用兵灵活，指挥果断，富于创造，是中国战争史上卓越的军事天才。

东汉建武五年，光武帝刘秀派大将耿弇领兵前往讨伐在剧地称帝的张步。张步闻报，立即命令大将费邑领兵以主力屯驻历下，另以一部分兵力进驻祝阿、泰山、钟城等地，迎战汉兵。

耿弇渡过黄河之后，以迅雷不及掩耳之势，很快拿下祝阿、钟城，直逼历下。这时耿弇已探知敌将费邑联营结寨数座，兵力强盛，并下决心坚守不出，以逸待劳，耿弇按下兵来，研究取胜办法。

有的将领提出必以速攻为上，日久必会自疲，难以胜敌，请求耿弇分兵强攻敌寨。耿弇听后说道："速攻之策是对的，不过费邑眼下所率之兵乃是张步主力，他连营结寨数十座，以逸待劳，我若分兵击之，必难取胜，而且这是用兵大忌。你等之言不可取。"

正在商议之时，探马来报，说敌人所据巨里城守将是费邑之弟费敢。耿弇听闻后，心中大喜，他对众将说道："破敌之策有了。"众将忙问何策，耿弇说道："我们先派部分大军将巨里城团团围住，引费邑前来救助。我军可事先布重兵埋伏在费邑所来路上，费邑所带之兵，必为其主力，我们先将费邑在野战中灭掉，巨里接着就会拿下，这就叫围城打援。"众人听后，立即赞同。

大策既定，耿弇迅速派兵去围困巨里城。并下令部队砍伐树木，堆集柴草，扬言要填平城壕，夷平巨里。费敢在城中听到后，心中十分恐慌，立即派人向费邑求救。费邑得知后，已有救援之心，耿弇从俘虏口中探明这一情况，为进一步坚定费邑救援之心，尽快将其兵引出，便又大张旗鼓地准备各种攻城器具，扬言三日之内攻下巨里城，这时，他又故意放跑一些俘虏，让他们跑回费邑那里代为宣传。费邑最后果然决定放弃坚守方针，因时间紧迫，刻不容缓，他便匆忙率三万人马，日夜兼程赶救巨里。

耿弇把费邑出动情况探明之后，马上在费邑所来途中部署了埋伏。这时费邑一心都在巨里之上，他做梦也

没料到耿弇这一招，正率大军急忙赶路。因是昼夜兼
程，费军最后是人困马乏，结果就在距巨里五十里处，
陷入耿弇的包围，可怜费邑之兵，这时被截为数段，首
尾不能相顾，而且毫无战斗力，被汉军刹那间便杀得溃
不成军，费邑战死，三万人马全部被汉军歼灭。这时耿
弇命人割下费邑首级到巨里城下出示给守城敌兵，敌兵
在城上望见，人人丧魂，个个落魄。费敢见孤力难支，
仓皇率一支人马乘夜色突围而逃，巨里城立即被耿弇攻
取。接着耿弇乘胜进击，连克敌营四十余处，全部占领
了济南郡。

◆ 史载，耿弇自起兵跟随光武帝到天下统一，"凡
所平郡四十六，屠城三百，未尝挫折焉"。耿弇用他的
神妙指挥，写就了战争神话，成为名副其实的"韩信第
二""常胜将军"，正如光武帝所言："有志者事竟成
也！"

14. 声东击西取二城的耿弇

耿弇，字伯昭，东汉开国名将。汉族，扶风茂陵（今陕西兴平东北）人。少而好学，尤爱兵事。耿弇久经战阵，用兵重谋，战功显著，共收取四十六郡、三百余城。在东汉中兴功臣——"云台二十八将"中，耿弇排名第四。他勇猛善战，用兵灵活，指挥果断，富于创造，是中国战争史上卓越的军事天才。

耿弇是东汉光武帝刘秀手下一员有勇有谋的战将，他奉刘秀之命攻打在剧地称帝的张步，首战告捷，迅速占领了张步所辖的济南全郡。张步为阻止耿弇继续推进，便以一万兵据守临淄，另派其弟张兰领精兵二万扼守临淄西北四十里的西安城。耿弇得知这一军事情报后，挥军进入两城之间的画中镇，割断了两城的联系。

然后他便放出风去，声言全力火速攻打西安城，他向部队下达命令，让将士在五日之内做好一切攻城准备。张兰在西安城中闻报，立即昼夜不停地做守城准备，加固城防，修筑营寨，积聚粮草，赶制弓箭。

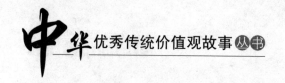

　　当时，临淄城与西安城相比，城高池深，比西安城坚固易守，城中之兵见汉兵忙着攻打西安城，都放松了戒备。

　　到了第五天，耿弇突然下令把攻击矛头对准临淄。命令传达下去后，一些将领们认为传话有误，纷纷前来耿弇之处向他问个究竟，耿弇说没错。他告诉众将："你们想想看，临淄与西安城比，哪个好打？显然是临淄，因为其守兵比西安城少一半。他们依仗城高池深，不能不有轻敌之心。打下临淄，西安必慌，再攻西安，那就会容易得多了。我不过是用了个声东击西的计策，连众将尚被我迷惑，何况临淄敌兵？诸位速做出发准备。"

　　再说临淄守兵，突然发现耿弇大兵遮天盖地而来，事先无心理准备，城防工作做得极差，没有几时，便被汉军攻破，全歼守军。张兰在西安城得知临淄失守，自料难以拒敌，便乘夜丢弃西安城，率兵逃往剧地去了。

　　就这样，耿弇未费吹灰之力便攻取了两座重城，为最后消灭张步铺平了道路。

　　◆ 此战，耿弇声东击西，一石二鸟，连克临淄、西安二城，士气越打越旺盛，为决战的胜利创造了有利条件。东汉开国将领中，最了不起的就是耿弇了。耿弇绝对是个天才战将，无愧于"战神"二字。纵观中国历史，像耿弇这样攻无不克战无不胜的将领实在是凤毛麟角。

15. 空城计退敌兵的诸葛亮

　　诸葛亮，字孔明，号卧龙（也作伏龙），汉族，琅琊阳都（今山东临沂市沂南县）人，三国时期蜀汉丞相，杰出的政治家、军事家、发明家、文学家。在世时被封为武乡侯，死后追谥忠武侯。后来东晋政权推崇诸葛亮军事才能，特追封他为武兴王。诸葛亮为匡扶蜀汉政权，呕心沥血、鞠躬尽瘁、死而后已。其代表作有《前出师表》《后出师表》《诫子书》等；曾发明木牛流马等，并改造连弩，可一弩十矢俱发。诸葛亮在后世受到极大的尊崇，成为后世忠臣楷模，智慧化身。成都有武侯祠，杜甫作千古名篇《蜀相》赞扬诸葛亮。

　　诸葛亮以足智多谋称誉古今，他自得刘备之邀，走出隆中，神机妙算，帮助本无存身之地的刘备成为一国之主，与魏、吴鼎足。刘备死后，他辅佐蜀后主刘禅，一心想消灭魏、吴，一统天下。当时他把曹魏看作首先打击的目标，亲领大军东进，去讨伐曹魏。曹魏大军当时由司马懿任主帅，抵抗诸葛亮。行军途中，诸葛亮决

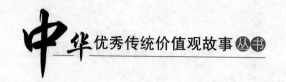

定自己坐镇阳平城，让大将魏延率领大队人马前往进击。当时，诸葛亮留下守卫阳平的士兵只一万人。

司马懿得知诸葛亮出兵前来讨伐，就指挥二十万大军西行，前往迎击诸葛亮。谁知竟然与魏延率领的大兵错道而行，魏蜀两军并未遭遇，致使司马懿大军一路顺畅向西开进，无任何阻挡。不久，探马来报告司马懿说："前方已是阳平城，城由蜀丞相诸葛亮坐守，观城中兵少势弱，请将军定夺。"

司马懿听到这一情况后，本应即刻速击阳平，活捉诸葛亮，然而他此时却犯了猜疑，担心有诈，便立即传令大军在距阳平六十里处扎下营寨，观望城中蜀军动静。

诸葛亮坐镇阳平，探马将司马懿率兵在距阳平六十里处扎营情况报告给了诸葛亮。诸葛亮知司马懿亲统二十万大军，而小小阳平城只有老弱一万人守城，岂能抵挡司马懿的进攻，如弃城去赶魏延，魏延已走多时，根本不可能赶上。如回兵西返，稍一动作，便会被曹兵得知，全军必被彻底歼灭。情况万分危急，阳平城内蜀军官兵无不心惊胆战，将领们纷纷来见诸葛亮，问他该怎么办。

诸葛亮此时正端坐帐中，手摇羽毛扇，镇定自若，将领们忙催他快作主张。诸葛亮眉头一皱，说道："诸将莫慌，我已有退兵之计。"众将已是多年跟随诸葛亮，知丞相绝不妄言，每出奇计，克敌制胜，转危为安，于是各个放下心来，但见此时诸葛亮说道："诸将请听号令，全城从现在起偃旗息鼓，所有士兵不得私出营帐，不准声张自扰，要保持全城安静。明日一大早，东、西、南、北四门守卫要将门统统打开，还要派出一些老弱士兵打扫四门以里的街道，违此令者格杀勿论。"众将无不听令，立即照诸葛亮吩咐行事。

再说司马懿，第二天上午接到派往阳平城侦察的探马报告，说阳平城四门大开，城里不见人马行动，十分平静，只可见一些老弱士兵在清扫街道。司马懿得到这一情报后，很想立即进兵捉拿诸葛亮，思考再三，又感到不妥。因为司马懿觉得诸葛亮一生用兵从来小心谨慎，绝不冒险行事，如今他已知自己兵临城下，反倒如此大意，想必其中有诈，一定设有埋伏，造此假象，诱自己上钩，自己还是小心为妙，以免上当。于是下令大军赶快沿山路向后撤退，远离阳平城。

此时，司马懿的举措诸葛亮尚不知道。吃早饭之时，诸葛亮见诸将面有惧色，就悄悄对他们说："诸位不要多虑，我这样处置事态，定会战胜司马懿。因为司马懿从来都认为我做事小心，一定不敢冒险用空城来吓唬他，他见了我这样，必定会怀疑我设有众多伏兵，诱

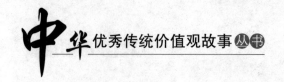

他上钩。所以他一定不敢靠近阳平城，估计他会立即领兵退去。"还没等诸将回答什么，蜀军探马来报，说司马懿大军已经退去。诸葛亮马上派人火速调来了援兵。不久，司马懿明白了过来，想回师攻打，而此时诸葛亮援兵已到，司马懿于是哀叹失去了作战良机，追悔莫及。

◆ 在实际战略中，风险往往与机遇、利益和成功共存，"不入虎穴，焉得虎子"，空城计的奇巧之处在于：要善于正确、及时地把握对方的战略背景、心理状态、性格特性等，因时、因地、因人，以奇异的谋略解除自己的危机。诸葛亮之所以能大胆地以"空城"退敌，就是他能准确地揣摩司马懿谨慎、多疑而心虚的心理状态，而诸葛亮独出心裁、奇异的思维方式，使他成功地化解了一时的危机。

16. 白马之围破强敌的曹操

曹操，字孟德，小字阿瞒，汉族，沛国谯县（今安徽亳州）人。东汉末年著名政治家、军事家、文学家与书法家。三国中曹魏的奠基人和主要缔造者，本为东汉丞相，后为魏王。其子曹丕篡汉称帝后，追尊他为魏武帝。曹操一生以汉朝丞相的名义征讨四方，为统一中原做出了重大贡献，同时他在北方广泛屯田，兴修水利，对当时的农业生产恢复有一定作用。曹操精于兵法，著有《孙子略解》《兵书接要》《孟德新书》等书。善作诗歌，抒发政治抱负，并反映汉末人民苦难生活，慷慨悲凉。

建安五年二月，袁绍率十万大军进抵黄河北岸，然后派出一支一万多人的大军去围攻由曹操控制下的白马。曹操闻报后，用荀攸之计，很快便解了白马之围，并斩了袁绍大将颜良。众人以为白马之围既然已解，曹操必然会派兵屯守。谁知曹操却发出放弃白马的决定。人们都不明白，而且解围之时，曹操一方也有些损失，

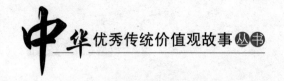

既然要放弃它，何必要来解这个围呢？对此，曹操做了解释，他说："白马这个地方，地处黄河南岸，远离大本营官渡而近于袁军，守白马便会分散我们的兵力，为了集中优势兵力，白马这个地方，必须暂时丢弃。我当初派兵来解白马之围，一是为了消灭袁绍的有生力量，二来是保护白马军民安全。此次放弃白马城，要将全城百姓一并带走，只给他一座无用的孤城。"

大家听后，觉得有理，在曹操指挥下，立即开始行动，率领白马百姓向官渡方向撤退。袁绍在黄河北岸闻听他所派出的袭击白马之军失利，又丢了大将颜良，大怒，立即指挥全军渡过黄河，任命另一员大将文丑率六千骑兵，去追击曹军。

曹操此时正安排大队人马在白马山南坡休息，忽听有人来报袁绍已渡过黄河，目前已派出一支追兵前来袭击，不日即到，心中大惊。他手拈胡须，思索了半天，有了主张。便下令仍原地休息，然后又派出几名军士爬上山顶去观察敌军动静。

不一会，前往观察的人来报告说，已望见袁军五六百名骑兵向白马山方向驰来。曹操镇定自若，说道："我知道了。"然后命令将士们把运粮草的车辆统统拉到大路上。刚部署完，又来报说袁军骑兵增多，而且后面跟有数不清的步兵。曹操将手一挥，说道："算了，你们都从山上下来吧，不用再报告了。"说完之后，索性让骑兵解下马鞍，把马放到山坡上去吃草。运粮草的车辆也都放在大路上。这时，追兵很快就要来到白马山了。将士们见曹操仍然毫无准备战斗的样子，纷纷上来建议，请曹操赶快发令让骑兵跨上坐骑，将粮车拉往一旁藏起。曹操根本不予理睬。荀攸在旁哈哈一笑，说道："诸位慌什么，主公这样做，是诱袁军上钩之举。"曹操听后也哈哈大笑，说道："荀攸说得对，追兵比我多十倍，与之硬拼，断难取胜，只能智取。我现在令骑兵解鞍牧马，将粮车堆放路上，乃是麻痹他们的斗志。现在请诸将赶快率兵随我登上山顶隐藏起来，待敌军抢夺我粮、马之时，我们从山上俯冲下来，居高临下，杀他个片甲不存。"

众人听后，才知道曹操用意，立即率兵上山潜伏起来。袁绍这支追兵由大将文丑带领，那文丑虽然是位名将，却心无智谋。追到白马山时，'立马横刀，四处一看，见曹兵散马在山坡上吃草，粮车尽堆路旁，料定曹操必然是弃下这些东西越岭逃跑了。立即下令将士赶快抓马，收拾曹军留下的粮食，并发令说收得多者重赏。这样一来，文丑六千兵立即丢掉兵器，互相争马抢粮，在山下乱作一团。曹操此时在山上看得清清楚楚，他见时机成熟，大喊一声："众将上马，往下猛冲！"众将闻

令，立即翻身上马，率领士兵，狂呼猛喊，从山上冲杀
下来。袁军哪料到会有这样的突然伏击，纷纷逃命，可
怜大将文丑，被曹军将领团团围住，没有几个回合，便
丢了脑袋。曹军接着出击追杀，杀死不算，还俘获了很
多人马和物资，大大加强了自己的力量。

◆　此战之胜，大大鼓舞了将士们的斗志，为后来
在官渡这个地方打败袁绍奠定了基础。这一战也充分显
示了曹操过人的智谋。

17. 官渡之战的曹操

　　曹操，字孟德，小字阿瞒，汉族，沛国谯县（今安徽亳州）人。东汉末年著名政治家、军事家、文学家与书法家。三国中曹魏的奠基人和主要缔造者，本为东汉丞相，后为魏王。其子曹丕篡汉称帝后，追尊他为魏武帝。曹操一生以汉朝丞相的名义征讨四方，为统一中原做出了重大贡献，同时他在北方广泛屯田，兴修水利，对当时的农业生产恢复有一定作用。曹操精于兵法，著有《孙子略解》《兵书接要》《孟德新书》等书。善作诗歌，抒发政治抱负，并反映汉末人民苦难生活，慷慨悲凉。

　　曹操白马之战告捷之后，率兵很快便撤退到官渡。袁绍率领十万大军来讨伐曹操，两战不利，丢了大将颜良、文丑，伤了不少兵马，心中十分恼怒。他立即率兵追击到官渡，想与曹操火速决战，一举消灭曹操。有人向他建议说："我军人众，不如曹兵善战，曹军粮草缺少，而我军粮草兵械非常充足，急于交战的只能是曹

军，我军只宜善养自己。与曹军打一场持久战，曹军粮草必然要发生恐慌，士气必然会受到影响，我军则不存在这个问题。到了那个时候，再开展决战，不利因素统统抛给了曹操，我们就一定胜利了。因此，我军可缓慢向前推进。"袁绍刚愎自用，根本听不进这个正确主张，仍命令大军火速逼近曹营，扎下了营寨，准备与曹军决战。

曹操在官渡见袁军逼近自己安营扎寨，料定袁绍是想尽快决战，这正合自己之意。一个月后曹军主动向袁军发动一次进攻，结果没有获胜，退回营内固守，寻找时机，再行出击。

袁绍将曹兵打了回去，从统帅到将士都心存骄气，幻想凭借自己的优势兵力尽早消灭曹军。于是袁绍下令多次攻打曹营，可是由于曹营壁垒坚固，将士英勇，袁绍的多次进攻都被打退，袁军毫无所得。最后袁绍又命令士兵利用云车，从上面用箭射攻曹营，仍然没讨到什么便宜，白白浪费了不少支箭。

袁绍此行誓灭曹操，多次进攻没有成功，转眼便与曹军对峙了相当长的一段时间了。这等于客观上给袁绍带来持久战的好效果。曹操到了此时，粮食蓄存越来越少，很多兵吃不上饭，饿得不行，不少开小差跑到袁绍那里去了。而且多番遭袁兵攻打，将士十分疲劳，锐气大大不如以前。曹操仔细考虑了面对的现实，深觉前景不妙。他一面催后方快运粮草，一面写信到许都向荀彧问计，信中透露出想离开官渡，把袁军引到许都消灭之意，并向谋士荀彧请教这个做法是否可行。荀彧阅毕曹操之信，立即给曹操写了回书，派人急速送往曹营。曹操得信，立即打开阅览，见信上说，我军必须奋力坚守，倘若此时往后一退，便会在强大的袁军追击下一败涂地，不可收拾。我军目前粮食虽少，但比起当年刘邦在成皋与项羽对阵时，还算多的。刘、项当时谁也不肯退让，就是因为谁先退谁就会转于劣势。如今我军等于掐住了袁军的脖子，让他不能动弹，等他力量用尽，形势便会很快发生变化。现在是等待时机出奇制胜之时，千万不能后退一步。曹操看过信，仔细一想，荀彧信中之言的确十分有道理。偏巧这时曹操催运的粮草已从后方运到，于是曹操便下决心坚守下去。

现在双方都十分清楚粮草供给成为决定胜败的关键。谁占有充足的粮草谁就可能取得胜利，谁若失去了粮草，就必然会不战自败。因此在这段对峙过程中，袁绍为了最后打败曹操，十分重视后方粮食供给。曹操为战胜袁绍，在加强自己粮草供给的同时，还把注意力放到想方设法烧掉袁绍的粮草贮存方面去，这在战略上便高出了袁绍一等。

有一次，袁绍运几千车粮草到官渡，曹操闻报，立即同荀攸商量了一计，一举将这几千车粮草烧掉了。袁绍吃了这个大亏，幸好还有一些贮存，才没处于劣势，他立即派出一万多兵马，重新去后方押运粮草，粮草运到后，袁绍吸取了上次的教训，秘密将这新运来的几千车粮草藏在军营北面四十里的乌巢，而且严令保密，绝不得将消息走漏给曹军。曹操在营内见袁绍虽被他烧了粮草，却毫无惊慌之意，士兵也无不安之貌。便料定袁绍肯定又运来了粮草，后来经过反复侦探，得知情况属实，然而这批粮草藏在哪里，尽管费了很大劲儿，仍搞不清楚，要想把它烧掉，重新给袁绍造成劣势，这就比较难了。

袁绍因新搞到大批粮草，心中踏实，不免洋洋得意起来，想要不顾一切硬攻曹营。这时谋士许攸对袁绍说："现今曹操主力都在官渡，许都必然空虚，我们最好能派出一支骑兵，连夜奔袭许都，把皇帝抢来，再对付曹操，那就容易多了。假使这一行动被曹操得知，他回头去救，我军乘胜进攻，一定能胜。"

袁绍听后，说道："不妥不妥，曹操其人狡猾，必会早就准备下了防止我们去偷袭许都的兵力。劳而无功，徒受损失。我要先在这里捉住曹操，捉住他，押他去许都，皇帝不还是我的？"

就这样，袁绍骄横地否定了许攸的好主张，如果袁绍采纳了许攸的这一主张，一定会乱了曹操的方寸，最后乘机将曹操消灭。可惜他没有采纳。许攸见袁绍如此，看透了他是刚愎愚蠢之辈，迟早必兵败而死。相反，他觉得曹操却能虚心采纳他人的好主张，而且自己也善于审时度势，在关键时刻作出正确的战略决策，克敌制胜，因此曹操成就大事的可能性极大。偏巧这时许攸家里有人触犯了袁绍的一个亲信，被关了起来，而且扬言必欲加害，这令许攸十分气愤，心想主上阍昧，下属暴虐，待在这样的地方纵有天大才能，也无施展之日。于是心一横，趁着天黑，竟投奔曹营而去。

曹操当时刚刚睡下，忽报许攸来投，高兴得连鞋都没来得及穿，跑出去迎接。一边跑一边拍手大笑，冲着许攸招呼说："子远来了，这真是上天让我成功。"说罢连忙将许攸请进屋中，唤人摆上酒菜，自己亲自作陪，为许攸接风，席间，曹操频频举杯敬酒，以示自己对许攸的敬重。小小许攸，何以让曹操如此？原来这许攸字子远，是袁绍手下两个出色的谋士之一，除许攸外，另一个名叫田丰，早因与袁绍意见不合而被袁绍关入狱中。现今许攸出走，说明袁绍已无能人为其出谋划策了。袁绍本是才智普通之人，仗着众人为其谋划，才有今日之威，如今谋士叛离，他还有何能？而且袁绍重要

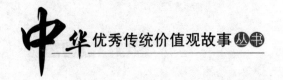

军事活动都曾与许攸共谋，许攸一来，等于把袁军内幕暴露了出来，战胜袁绍岂不是指日可待？因此，他才这样地对待许攸的到来。

许攸见曹操这样看重自己，与袁绍正好形成一个鲜明对照，心中十分感动。两人很快谈到当前的战势。

许攸问道："袁绍目前兵多将广，不知主公打算怎样对付，能否稍露一二？"

曹操回答说："眼下只能坚守，寻找战机，退兵是不成的。"

许攸说道："坚守必须有充足的粮草，不知主公现有多少粮草可为坚守之资？"

曹操见许攸突然问起粮草，心中一惊，想道：许攸初来乍到，是否为诈降尚不得而知，切不可将缺粮底细透露给他。于是便笑着回答说："我军如今拥有的粮草，可够支持一年。"

许攸说道："主公难道真有这么多粮草？鄙人以为……"

曹操见许攸没有把话说完，但他已揣知许攸对自己的回答是不相信的，忙又说道："一年说得夸张些，维持半年大概差不多。"

许攸听了曹操这番答话后，便从席上站起身来，说道："看来主公是不想击败袁绍吧？"

曹操说道："子远可真会开玩笑，我怎会不想击败袁绍？"

许攸说道："既然想，怎么不对我说实话？主公的粮食，大概只够维持一个月，是吧？如今却不肯对我吐露真情，看来是不相信我许攸，留在这里必定无益，还是让我走掉吧。"

说罢回身就要离开。曹操一把把许攸衣袖抓住，道歉说："子远原谅，我非有疑于你，实为顾及自己面子，不瞒你说，我的粮草，确实只够吃一个月的了。今愿请教大计。"

许攸听了这话，才重又坐下，说道："主公方才所言，我相信那是实情。今主公既不以我为诈降，我便为主公进上几言。"

曹操听后说道："如此甚妙，愿闻其详。"

许攸说道："鄙人以为主公孤军扼守，外无救援，内缺粮草，面对粮丰兵足的袁军，十分危险。"

曹操说道："是啊，的确十分危险，不过如果能让袁军转为缺粮，这个危险大概就可度过了。"

许攸放下酒杯，将手往腿上一拍，说道："主公之言极是。能否战胜袁军，关键就在这里。"

曹操说道："我曾多方派人侦察，仍摸不清袁绍将粮藏在何处。"

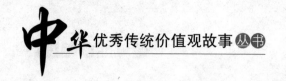

许攸说道："看来我将成为他的掘墓人，这大概是天意。"

曹操忙追问道："粮在何处？"

许攸仰天长叹，说道："在乌巢，总量达一万多车，而守粮之兵仅万余，其将淳于琼又是个庸才。主公只要派出一支轻骑，前往袭击，烧了那里的粮草，不出三天，袁军必然溃败。"

曹操听后，放声大笑，说道："我得子远于危难时，真是天助我也，这事关系极为重大，一招儿得胜，满盘皆赢。我要亲自出马。"

二人议罢，曹操安顿了许攸歇息，就在当夜带上五千人马，偷袭乌巢。事前做了细心安排，他下令此行不用曹军旗号，打出在白马之战中缴获的袁军旗帜，以迷惑敌兵；又命令用绳子缚住马嘴，士兵口中含枚，避免行军时发出人喊马叫之声，令敌兵得知；然后又令每个士兵都带上一把干柴，抄小路悄悄向乌巢开进。沿途遇上袁军哨兵查问，曹军将士回答说："袁公恐怕曹军偷袭粮草，特派我等前往加强守备。"哨兵听后，夜色中见打的是袁军旗帜，又思藏粮之地绝密，便没生疑，听任曹军大步开进。

曹军很快来到乌巢，果见大包大包的粮食堆得像山似的，粮堆旁边便是军营，士兵都在酣睡，守将竟然连个哨兵都没有派。曹操把附近情况很快侦察清楚，然后悄悄命令五千人马分散开来包围粮堆，然后拿出硫黄点燃干柴，投向粮堆。刹那间，袁军粮堆燃起熊熊大火，淳于琼从梦中惊醒，见粮堆起了火，慌忙命令士兵起来扑救，这时才知是曹兵来烧的，他一边派人抵御曹军，一边派人抢救，等大火扑灭，粮食已被烧掉了一半。

这时，天已放亮，淳于琼仔细一看，曹军只是自己一半的力量，而且带队之人是曹操，心想只要捉了曹操，粮草还有什么用处，立即命令士兵向曹军冲杀。曹操见状，沉稳地指挥兵将上前迎战，因为此行所选均是精兵强将，而且又向他们交代了此战的重大意义，所以曹军士气十分旺盛，大有锐不可当之势，面对二倍于己的袁军，毫无惧意，勇猛冲杀，竟把袁军逼回营内。淳于琼见势不妙，立即派人向袁绍报告，请求救援，一边派人护守残余之粮。

袁绍忽听许攸投降了曹操，心中大惊，正在担心粮草被袭，忽听淳于琼派人来说曹操带了五千兵马去偷袭乌巢，已烧掉一半粮食。另一半也危在旦夕，请求速往救援。袁绍闻听，心中十分恼怒，他一边大骂许攸，一边思索怎样对付眼前的危机。他觉得眼下派兵去救乌巢已来不及。曹操在外，不如派大兵去攻曹操大本营，攻下他的老巢，不愁曹操不降。于是便派出部将张郃率兵前往攻打。张郃见袁绍出此下策，不救乌巢之粮，心中十分担忧，因为曹营极坚固，一时半晌根本不可能攻破。立即建议袁绍速派大军去援救乌巢。袁绍听后，不但不采纳，反而怨张郃来教训他，发了一通火后，逼令张郃不得违令，乌巢由他另派兵去救。张郃走后，袁绍冷静下来，想起张郃的建议，觉得不无道理，立即派一支人马火速前往去救援乌巢。这时曹军正全力攻淳于琼，曹操身边的将士听远处人喊马嘶，料定是袁绍已得了偷袭乌巢的消息，派出兵马前来援救，便建议曹操分出一部分兵马前往抵挡。曹操听后，喝道："此庸人之见，兵力分散还有我们的胜利希望吗？"说罢，将剑一挥，发出强攻命令："众将士，我们务必在敌人援兵未赶到之前彻底烧掉乌巢之粮，将淳于琼之兵灭绝。如敌人援兵赶到，我们尚未拿下敌营，那么被消灭的将会是我们。"曹操这一番鼓动果然见效，士兵们各个心知处境危急，又见曹操大有临危不惧的气概，一时奋勇倍增，殊死冲杀，不一会工夫，袁营就被攻破，斩杀淳于琼等八名敌将，把乌巢之粮一烧而光。

接着，曹操迅速调转马头攻打袁绍派来的援兵，一交锋，便将袁军打得七零八落。然后，回营去拒张郃。张郃面对坚固的曹营，几番攻打毫无所获，那袁绍又误听谗言，大骂张郃不止，还派人逼令张郃若拿不下曹营，提着脑袋去见他。张郃那里已知乌巢之粮全部被烧，断定袁军大势已去，现又受如此逼令，于是便投奔曹营而去。

这时袁绍已完全陷入守无粮草，战无骁将的劣势，军心一时大乱。曹操审时度势，发现时机已到，立即指挥大队人马冲杀出来，一举歼灭袁军七万余人，弄得袁绍最后只剩八百残兵，狼狈逃过黄河。曹操至此取得官渡之战的彻底胜利，为统一北方奠定了牢固的基础。

◆ 治世之能臣，乱世之英雄。明略最优，曹操可谓非常之人，超世之杰矣。

18. 智取公孙渊的司马懿

　　司马懿，字仲达，汉族，河内郡温县孝敬里（今属河南温县）人。三国时期魏国杰出的政治家、军事家，西晋王朝的奠基人。曾任职过曹魏的大都督、太尉、太傅，是辅佐了魏国三代的托孤辅政之重臣，后期成为全权掌控魏国朝政的权臣。平生最显著的功绩是多次亲率大军成功对抗诸葛亮的北伐。死后谥号舞阳宣文侯，次子司马昭被封晋王后，追封司马懿为宣王；司马炎称帝后，追尊司马懿为宣皇帝。

　　三国时，魏国的辽东太守公孙渊在魏明帝景初元年自立为燕王，建号绍汉，公然与曹魏政权分庭抗礼。明帝闻报，勃然大怒，他在殿上走来走去，觉得必须将他迅速剿灭，不然不但有损自己的天子威严，而且后患无穷。然而派谁去担当此任呢？思来想去，便打算派司马懿领兵前往。他命人传司马懿入见，司马懿来到后，魏明帝拉着他的手，说道："公孙渊背叛天朝，虣灭朕及诸臣，是可忍，孰不可忍？朕打算派公前往完成戡乱重任。"

司马懿立即跪奏道："臣谨遵命。"

明帝忙说："爱卿平身。且听朕言。公此次征讨，估量公孙渊将会以何策相拒？"

司马懿略一思索，奏道："臣以为公孙渊得知我军征讨消息，弃城避战，此为上策；据辽河抵抗，此为中策；坐守伪京襄平，此为下策。"

明帝说道："公以为他当取哪策？"

司马懿奏道："臣以为公孙渊如善知敌我，断然会放弃眼前利益，弃城出走，以此拖延时日，疲惫我军，待机而战，可他本是智浅寡断之人，难上策。必会认为我军孤军深入，难以持久，从而据辽死守，如交战不和，便会退守襄平，由中策转为下策，在襄平等待我军捉拿，谅他不会如此。"

明帝听后，连连点头，又问司马懿说："公此次行动，往返大约需多少时间？"

司马懿答道："长安到辽东相距四千里，前往需一百天，攻取需一百天，返回需一百天，再用六十天作为休息时间，一年时间便足够了。"

明帝说道："好，公准备出发吧。"

司马懿于是率大军前往征讨，他渡过黄河，穿过华北平原，在当年六月抵达辽东。哨兵飞报公孙渊，公孙渊大惊，马上命令大将卑衍、杨祚率领步兵数万屯驻辽

隧，修建了二十多里的长壕抵挡。司马懿探明这一情况，笑道："此是小儿之计，怎能蒙我。"左右忙请教公孙渊用意，司马懿说道："他这样做是想疲惫我军，等我军精疲力竭之时，再来同我军作战，我岂能上他的圈套？"左右又问道："既然如此，我们该如何行动？"

司马懿说："我猜测贼众大半在此，其巢穴一定空虚，假如我军乘虚直捣襄平，他们必然回师救援，我们在途中设下埋伏，加以阻击，必获全胜。"左右听后，都由衷赞许。当即按司马懿的部署，在南面张设大量旗帜，显示要从南面进攻的姿态。将敌兵注意力引到南面，然后，司马懿率领大军悄悄渡过辽河，从辽隧川直奔襄平。卑衍没过多久便发现司马懿已迂回到侧后，大惊说："司马懿好狡猾，他知我们襄平兵少，此举必然是去抄我们老营，如果襄平有失，我们守在这里还有什么用处？"说罢忙传令连夜撤退。司马懿在途中得知，笑道："贼众果然中了我的计。"说罢，忙部署伏兵。卑衍、杨祚哪里料到这一招，正往回疲惫而行，半路突然杀出司马懿布下的伏兵，立即慌了手脚，辽兵大乱，卑衍被杀，辽兵士死伤无数，余众狼狈逃入襄平。公孙渊见大兵惨败，立即紧闭城门，不敢出战，完全转入司马懿事前所说的下策之中，束手待毙。

到了七月，魏兵正准备攻打襄平，突然天降大雨，终月不停，结果辽河之水猛涨，洪水溢出，平地深数尺，汇成一片汪洋，魏军立即陷入洪水包围之中，不但无法攻城，连吃饭睡觉都成问题。这时，一些将领前来帐中向司马懿提出移营高处以防洪水的建议。司马懿在地上转了几转，皱皱眉头，抬头大怒说："襄平破在旦夕，此后谁若再敢提移营之事，定斩不饶。"众人各个莫名其妙。

公孙渊被困在孤城，正愁无奈，见天降滔滔洪水，立即视为屏障，连称天公作美，神灵保佑。而司马懿这时不但不进击，反而令部队后退二十里，让襄平城中之民可以出城采樵，放牧牛马。魏军将领再也忍耐不住了，纷纷请求冒雨攻城，司马懿一概加以拒绝，按兵不动。司马陈圭见了司马懿这样的举措，心中十分焦急，忍不住地问司马懿说："太尉过去征孟达，指令部队八路进兵，昼夜不停地攻城，仅用半个月的时间就将其城拿下，斩了孟达。如今我军远道而来，反倒迟迟不动，不知太尉是何用意？"

司马懿说："你有所不知，当年孟达兵少，却存有可供一年用的粮食，当时我军四倍于孟达，粮食却不足一个月用，不求速战速决，怎能取胜？现在情况和那时完全不同，公孙渊兵多粮少，我军则粮运不绝，拖延时日对我们利多弊少。再说眼下阴雨连绵，洪水没膝，即

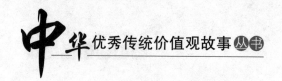

便严令部队进攻，又有何用处。我现在考虑的不是敌人的进攻，而是怕他们不战而逃，因为我们还没有对他们形成合围，兵退二十里，令其城中之民可以出城采樵放牧，都是避免把敌人逼跑。兵法上说'兵行诡道'，'因敌制胜'。现今公孙渊凭借其兵多及阴雨给我军造成的困难，还可支撑危局，看来还没有认输的想法，我们这样做，是拿出无能为力的样子给他们看，让他们安心地待在襄平，等到雨过天晴，我们再动手，那时，他想跑也跑不掉了。"

陈圭听了司马懿这一席话，心悦诚服。他立即把司马懿的这些想法传达给诸将领，诸将领听后，也都安下心来。

雨过天晴，司马懿开始发令大军四面合围襄城，筑土山，掘地道，立云梯，日夜攻打不止。公孙渊被困在孤城中，不久粮尽，只好靠宰杀牛马为食，兵民为了争食相互格斗自残，根本无人专心守城。公孙渊见大势已去，派出相国王建和御史大夫柳甫到魏营求和，提出"魏军后撤解围，公孙渊率领朝臣自缚投降。"司马懿听后哈哈大笑，立即传令将其二人斩首。然后发檄文告诉公孙渊说："当年楚庄王进攻郑国时，楚、郑同为诸侯，郑伯尚且肉袒牵羊去迎楚庄王。现今我为天子大臣，你那王建、柳甫斗胆让我先解围退避一舍，你才归降，岂有此理？你那两个人昏庸老朽，连该说什么不该说什么都不懂，我已将其斩首。你如真心归降，可派懂事的年轻人前来申述。"

公孙渊接檄，万般无奈，派卫演到魏营，要求即日送儿子前来做人质，请求司马懿解围。司马懿已知公孙渊现在完全成为瓮中之鳖，怎肯接受这个条件，他当即对卫演说道："军事大要有五：能战当战，不能战当守，不能守当走，不能走当降，不能降当死。何必送儿子做人质呢？现在公孙渊前三点都做不到，只剩下投降和自绝两条路了，你回去让他选择吧。"卫演只好狼狈而归。

不久，魏军便攻陷了襄平。公孙渊与儿子公孙修率领一支兵马突围向东南逃跑，被魏军追上斩杀。司马懿乘胜平定了辽东、带方、乐浪、玄菟四郡。

◆ 用兵之道，有"急"有"缓"，司马懿可算是深谙此道。当时，公孙渊在兵力上多于魏军，但粮食缺乏；魏军粮草充足，但攻城准备不充分。加上天降大雨，平地积水数尺，天气也不利于攻城。司马懿分析，在这种情况下，如果急于进攻，就会迫使敌人凭借优势兵力坐困兽之斗或突围逃跑。相反，拖延一段时间，公孙渊缺粮的问题将日益严重，必然引起军心涣散。那时再攻城，可一举而下。于是，他定下缓兵之计，果然大获全胜。

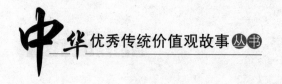

19. 火烧连营的陆逊

　　陆逊，本名陆议，字伯言，汉族，吴郡吴县（今江苏苏州）人。三国时期著名政治家、军事家，历任吴国大都督、上大将军、丞相。吴大帝孙权兄桓王孙策之婿，世代为江东大族。于公元222年率军与入侵东吴的刘备军作战，以火攻大破刘备蜀军的"猇亭之战"，是中国古代战争史上一次著名的积极防御的成功战例。后因卷入立嗣之争，力保太子孙和而累受孙权责罚，忧愤而死，葬于苏州，至今苏州有地名陆墓。

　　刘备结义弟兄关羽在跟随刘备创建大业过程中，曾立下过赫赫战功，其英名一时威震华夏。谁知后来偶一疏忽，竟被东吴吕蒙打败身亡。刘备得知后，痛不欲生，立即亲率数十万大军前往伐吴为弟报仇。蜀汉章武元年七月，巫城一战，刘备大败吴军，攻下秭归。二年四月，他又充实力量，沿长江而下，长驱讨吴。

　　东吴群臣惊恐万分，孙权出于万般无奈，在阚泽的建议下，擢拔年轻的陆逊作了抗蜀的兵马大元帅，可征集到的士兵只有五万余名。因为陆逊十分年轻，也没有丰富的战斗经历，诸将并不佩服他，有人甚至私下说，主公任人如此，东吴亡矣。

陆逊率兵来到前线后，见迎战时机不利，便下令退军。致使刘备的陆上部队将他追击到了夷道，这样一来，刘备便乘势将孙权的族弟孙桓包围了。众将领见状，纷纷前来要求去解孙桓之围。因为这些将领资历都在陆逊之上。陆逊一时压力非常大。不过他审时度势，仍然坚持自己的主张，硬着头皮对众将说："蜀军兵众，而且来势凶猛，我们必须集中兵力伺机破敌，只要打破敌人的进攻，孙桓之围便可不救自解了。"众将心怀不满，愤愤而退。就这样，到了章武二年二月，吴军已经后退了五六百里。直至到达彝陵、猇亭、夷道一线后，陆逊才下令坚守阵地，准备与蜀军决战。

刘备自与陆逊遭遇之后，一直无大仗可打，心中十分烦闷。追击吴军出了巫峡天险后，他便将大本营设在猇亭，每天派人到吴军阵前叫骂，然而陆逊却稳坐军帐之中，置之不理。刘备无奈，改换招法，派吴斑带数千老弱将士，前往吴军阵前的平地上设营，企图引诱吴军出战。一些将领见状，纷纷要求出兵一举将其剿灭。陆逊说："刘备是打了一辈子仗的人，我们面对他，凡事都要熟思三分，求个稳妥，不为他所骗。现今刘备将一些老弱疲兵摆到我们阵前，那云烟缭绕的山谷处一定设有伏兵，他现在是想以这些疲弱之兵引诱我军出来而将我军歼灭罢了，我们绝不可中计。请诸位去坚守营寨。"众将见陆逊如此固执，内心都骂陆逊无能、怯战；事情果然如陆逊所料，那云烟缭绕的山谷之处确被刘备设下了伏兵。因为过了数日之后，刘备设在那里的八千伏兵难以承受长期露营的困难，撤了出来，这一切都被吴军瞧见了，众将领的埋怨情绪才消除了。

刘备率军前来本想速战以决胜负，却一直得不到机会，眼下强行往前推进难度又太大。此时天气又一天比一天热了起来，数十万大军待在山中，远离大后方，难以得到及时的补给，于是决定暂缓进攻，军队修整，待凉秋以后再战。便把这个主张向军中传达了下去。一传达，士气马上就减落了下来。这一切已全被陆逊所探知。他决心利用这个机会，试探一下真情，便突然派出一支兵去攻打刘备的营寨。幸好刘备对此先有准备，把吴军打退了回去，而且吴军损伤了不少。吴军将领不知其中的奥妙，都埋怨陆逊，说他是个庸才，根本完不成抗刘重任。陆逊听到后并不介意，十几天以后，他便召集诸将，说道："本都督自率军以来，还没有把枪伸出去，你们大概都认为我胆怯怕战。诸位想想，如果我真是这样的人，怎能接受主公的重托？我之所以主张退却，是因为考虑到刘备水陆并进来势凶猛，如不退却而处处设防，势必分散兵力，难以抵挡刘备数十万大军。若要集中对敌，当时的山川地形极不利于我们，而且也给我们带来补给困难，怎能克敌制胜？我们现在退到这个地方，可以说是把不利的因素统统摔给了刘备，如今天时、地利都不利于他，他只好转为守势。这样我们就可以寻找决战之机了。我先前派兵袭他，就是为了试探他，诸位请努力吧，战则必胜。"

诸将领这才心中开了窍，始知陆逊果然非同一般人可比，心中无不敬服。

刘备把吴军的试探兵马轻易打退之后，更加轻视吴军。他把水军也调上陆地，下令士兵移于山林茂盛之地，近溪傍涧扎下营寨以避暑，分散设营四五十处，连营达七百里。

陆逊探知真情后，立即召集诸将，把刘备布营情况详细说给了诸将。然后提出了自己的主张，他说："蜀军用草木结营于林中，想休闲度暑，已军无斗志，这是上天赐予我们的进攻良机。草木必燃于火，我军制胜方法便是火攻。现令每位士兵各备一捆干柴，待接近敌人营寨时，一起纵火，蜀军便不战自乱了。"诸将听后，深觉陆逊之言乃是良策，个个摩拳擦掌，分令士兵专做准备。接着陆逊又细致地做了各种具体安排，一一贯彻

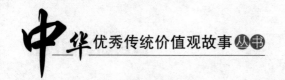

了下去。进攻时间定在天黑以后。

那一天天黑，吴军便开始向蜀军纵深地带悄悄开进。五更时分已接近蜀营，蜀军兵将尚在酣然大睡，毫无防备。这时东南风吹起，陆逊立即命令点火烧营，须臾之时，密林丛草，大火烧起，火借风势，霎时间便烧成一片火海，蜀军从睡梦中惊醒，还没有搞清是怎么回事，但听杀声震天动地，才知是吴军袭寨，猝不及防，又兼处于大火弥漫之中，四散奔逃，自相践踏，吴军乘势猛攻，一以当十，直杀得蜀军血流成河，将领死的死，降的降，刘备慌乱中率军突围出逃，直至马鞍山，又遭到吴军攻击，不能支撑，只好突围落荒而走，一直跑到白帝城，才幸免于难。至此，吴军大获全胜，蜀国多年苦心经营的精锐之师和大批战船、器械及其他军用物资，统统化为灰烬。最后刘备愧死在白帝城，蜀汉从此元气大伤。

◆ 这场战役是中国历史上后发制人、疲敌制胜的著名战例。作为吴军主帅的陆逊统观两军主客观态势，确定诱敌深入，集中兵力，后发制人，相机破敌的战略。并充分利用地势等有利条件，巧施火攻，一举击败蜀军。大获全胜后，又适时停止追击，使曹魏无隙可乘，战略全局运筹周密，堪称用兵奇略。

20. 忍辱退蜀兵的司马懿

司马懿，字仲达，汉族，河内郡温县孝敬里（今属河南温县）人。三国时期魏国杰出的政治家、军事家，西晋王朝的奠基人。曾任职过曹魏的大都督、太尉、太傅，是辅佐了魏国三代的托孤辅政之重臣，后期成为全权掌控魏国朝政的权臣。平生最显著的功绩是多次亲率大军成功对抗诸葛亮的北伐。死后谥号舞阳宣文侯，次子司马昭被封晋王后，追封司马懿为宣王；司马炎称帝后，追尊司马懿为宣皇帝。

魏明帝青龙二年（234）二月，蜀汉丞相诸葛亮亲率十万大军，从汉中出发，北伐曹魏。四月，诸葛亮到达渭河南岸的郡县境内。魏明帝得知后，立即又征调二万人马增援正在汉中抵御蜀军的司马懿。

司马懿在前线召集诸将研究退敌计策。众将多主张驻兵渭河北岸。司马懿却说：“我看还是屯驻渭河南岸，那里土地肥沃，粮食蓄积较多，不能送给诸葛亮，诸位想想是否应该这样。”大家一听，觉得有道理，便听从

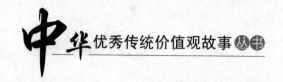

了司马懿的主张，将魏军开到渭河南岸背水为营。

　　这时魏还没探知蜀军推进到了什么地方。为了争取主动，司马懿召集诸将领分析蜀军动向。司马懿分析说："孔明若是胆子大些，很可能先进占渭河南岸的武功地带，沿秦岭北麓向东直取长安。不过我知他一生谨慎，不敢冒险，所以他很可能先占领五丈原，作为依托，然后稳步向前推进。若是这样，我们就好对付他了。"他立即派出探子去探诸葛亮动向，探子回报果然如同他所料一样，诸葛亮目前已占领了五丈原，正打算渡过渭河，向凤翔进攻。司马懿闻报，立即派出一支部队，进入阳遂一带，引诱蜀军进攻。谁知蜀军竟然置之不理。众将都不知诸葛亮打的什么主意，司马懿分析说："诸葛亮不来进攻阳遂，看来是他打算先取积石原，然后再进攻凤翔，这一点已经十分明显了。"然后，便立即调整了部署，把主力调至积石原以阻诸葛亮。果然不出司马懿所料，因为魏兵事先有了防备，诸葛亮攻取积石原受阻，只好把兵收回五丈原。司马懿在这中间曾利用蜀军退兵之机，打了一个小胜仗，遏制了蜀兵的攻势，所以蜀魏两军开始形成对峙局面。

　　诸葛亮挥师远程而来，原是为了进攻。如今他占据了五丈原，控制褒斜道的北端，进可攻，退可守，这对诸葛亮十分有利，所以他想要尽早和司马懿展开一场决战以定胜负，而且他远程而来，后方补给十分困难，这种情况也不允许他久滞这里。然而多次挑战，司马懿拒守，根本不与诸葛亮交战。原来，司马懿老谋深算，他知道诸葛亮盼望速战，是因为他距自己的后方太远，日子一久，粮草必然会发生恐慌，而自己兵多势众，粮草无任何忧虑，对峙时间越久，越对自己有利。诸葛亮无法，只好想出一个绝招儿，他派出军使携带了一箱子衣物，送到司马懿的帐前。声言供他使用。司马懿打开一看，全是女子衣物，其中还杂有一些珠光宝气的女人饰物。司马懿略一思索，便知诸葛亮之意，原来是想用这些女子东西来羞辱自己怯懦，好出去与他交战，想到这里，他微带笑意，对来使说道："我正缺这些东西，谢谢丞相关照。"说罢，十分安闲地拿出那些东西，一一欣赏。过了一会儿，司马懿问道："诸葛丞相身体可好？军务定然十分繁忙吧？"军使答道："忙，十分忙。他日理万机，连军中犯有受责二十军棍的过失事件都要亲自审理。司马懿问道："丞相饭量如何？"军使说道："每天吃得很少。"司马懿说道："丞相还是多注意身体为是，且莫机关算尽。"接着便大谈闲事，军情等等一概不予涉及。军使见司马懿毫无任何恼怒之意，知道丞相此计没发生作用，留在这里无益，立即告辞。蜀使走后，司马懿对众将领说："诸葛亮劳瘁如此，怎能久于人世？"有些将领问蜀使送来的是什么东西，司马懿打开箱子给他们看，众将领见状，个个恼怒，说："我军有如此强大兵力，难道怕他诸葛亮不成，他把女人东西送来以讥讽我们无能，我们怎可忍受？望大将军快些发令出兵，让我等与他决个雌雄。"说罢，一个个摩拳擦掌，争相要求首先出战。司马懿见众将这种精神，觉得十分可贵，但他们没有看出诸葛亮的真实用意，贸然出兵必中其计。可众将这种求战的积极性又不便挫伤。于是也装作一副气愤的样子，大骂诸葛亮，然后说："我即日便奏表朝廷，请求允许与诸葛亮决战。"众将听后，各个十分高兴，安心等待朝廷下命令。其实，司马懿现为大将军，领兵在外，出兵决战之事哪里用得着去请求朝廷，他可随意决定。用这个招法，不过是表面上把不准出战的主张上推给朝廷，使自己不致在众将中失去勇武的印象。魏明帝看了司马懿所奏之表，心领神会，立即派卫尉辛毗为军师，杖节前来制止魏兵出战。当时蜀军在魏军营外叫骂挑战，司马懿假装披挂上马，准备开门迎战，辛毗赶到，立即以朝廷之命将其阻止回去。众将只好作罢，无一人埋怨司马懿。蜀将姜维得知这件事后，忙汇报了诸葛亮。诸葛亮听后，苦笑着说："司马懿真是太老谋深算了，这一切全是他玩弄的花招儿。看来我们还得在这等待下去了。"

不久，因诸葛亮操劳过度，又感些风寒，便在军中病故了。蜀军忙按照诸葛亮生前的部署悄悄撤退。魏国百姓将这一消息报告了司马懿，司马懿此前已听到一些诸葛亮患病的消息，料想必是诸葛亮已死，便领兵追击，不料蜀军突然掉转旌旗，作出要进攻的样子，司马懿生怕中计，立即停止追击，蜀军仍在后退。一天后，司马懿去蜀营遗址察看，发现蜀军不但丢弃不少粮草，连军用文书也丢得满地都是，相信诸葛亮肯定已死。立即下达追击命令，直逼到赤岸，才探出确实消息，说诸葛亮果然死了。

司马懿面对诸葛亮远伐大军，避其锋锐，忍辱不战，遂使诸葛亮的计谋成空，弄得蜀军千里迢迢，白劳一场。

◆ 司马懿采取的战略决策是：战略上防守，战役中固守。他相信自己最后会赢，所以从不担心在战争过程当中一次又一次地输。司马懿不停地在和诸葛亮"磨"，你来硬的我就来软的，你进攻我就守，你撤退我就追。他得把握住，赢不能大赢，输不能大输，攻不宜太攻，守不宜太守的分寸感。由此可见司马懿的心机和他的谨慎，以及善处左右的韬略。所以，他在政治上，也包括在军事上，以退为进，以守为攻，步步为营，终于取得最后的胜利。

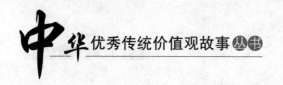

21. 文武双全的傅永

　　傅永，字修期，是清河人，南北朝时武将。幼时跟随叔父傅洪仲从青州到魏，不久又投奔南方。他很有气魄和才干，勇力过人，能够用手抓住马鞍，倒立在马上驰骋。他二十多岁的时候，有个朋友给他写信，但是他却不会回信，就请教洪仲，洪仲严厉地责备地，不帮他回信。傅永于是发愤读书，广泛阅读经书和史书，兼有文韬武略。

　　南北朝时期，南齐皇帝肖鸾派大将鲁康祚、赵公政率一万大军侵犯北魏豫州的太仓口。这时，豫州刺史王肃命令建武将军傅永统领三千人马前往阻击齐军。鲁康祚等在淮河南岸安下营寨，准备进攻敌军，傅永则在淮河北岸十里处安下营寨，准备迎击敌军。

　　对于傅永来说，当时形势是敌强我弱，要打败强大的南齐侵略军并非易事。傅永面对严峻的形势，觉得必须智取。他认真研究了南齐将领作战特点，摸清了他们长于偷营劫寨，于是采取了相应的对策。当夜他把自己的部队分成两部分，分别埋伏在大营之外两侧，准备伏击前来劫寨的南齐军。一切布置妥当，他又召集十几名士兵说："敌兵如果夜间来偷袭我营，他们一定要在渡淮河的地方用灯火标记其浅处，以便将来返回。现在，你们用葫芦装上可以点火之物，由淮河向南游，把它们放在河水深处，见敌兵点火时，你们也把它点上。"士兵领命而往。

夜里，鲁康祚、赵公政果然如傅永所料，亲自率兵，渡淮来偷袭傅永之营。鲁、赵登岸后，飞抵傅营，见其营空空，心中大疑，刚要退兵，傅永伏兵由两旁闪出夹击，齐兵大乱，鲁康祚等急忙奔向淮水，渡水南逃。这时，只见河面上不少地方都亮起灯火，根本辨不清哪里是原渡河的地方，于是有很多兵将纷纷奔向魏兵所点火之处，因那些地方都是河水最深处，齐兵渡河时淹死无数，魏兵又在后面追杀，齐兵哪能抵抗，被斩杀无数，最后赵公政被活捉，鲁康祚连人带马坠入河中而死。傅永大胜而归。

◆ 孝文帝称赞傅永说："战场上能击退贼兵，平时能作文书，只有傅修期了。"

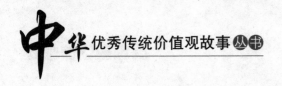
22. 智擒张用诚的马勋

马勋，唐德宗时期梁州的一名将领。

唐德宗决定到梁州洋州巡视。梁州节度使严羽派出一支五千兵将组成的部队在盩厔县等待护皇帝之驾，而率领这支部队的是将领张用诚。有消息表明，张用诚想借这次护驾，阴谋背叛朝廷，德宗十分忧虑，正赶这时梁州将领马勋到京，德宗立即召见他，同他商议铲除张用诚之事。马勋对德宗说："请圣上允许臣近日去山南以严羽节度使的符令去召张用诚，如果他不接受宣召，臣就斩了他的头回来复命。"德宗大喜，同意他的请求，问："几天能够回来？"马勋说道："臣一日便可回奏。"德宗对他勉励慰劳一番后，便派他出发。

马勋带领五十余名强壮勇武将士行出骆谷，此时张用诚以为朝廷尚未发觉他反叛朝廷的阴谋，带领数百名骑兵前来迎接马勋。马勋与张用诚一同来到驿站。马勋见张用诚心怀戒心，在他所住的周围警戒森严，难以接近，这样直接去捉拿张用诚，简直不可能。于是便想了个办法。

当时天气十分寒冷，马勋就让自己手下士兵在几处点上篝火。火焰熊熊，远远可见。守卫张用诚的士兵此时正难忍寒冷，看见篝火，都跑过去烤火取暖。马勋见时机已到，便带兵冲进张用诚住处，从容自若地从怀中掏出符令，给张用诚看，说："节度使宣召你。"张用诚知事情已败露，大惊失色，刚想逃走，马勋带去的兵丁一拥而上，将张用诚擒住捆绑上了。

然后马勋策马急奔张用诚军营，士兵已知马勋捉了张用诚，正准备反搏，马勋大声高喊："士兵们，你们的父母妻儿都在梁州，丢弃他们反跟叛臣造反，难道想遭受灭族之灾吗？节度使让我只捉拿张用诚，不问你们的罪过，你们自己决定怎么办吧！"士兵们听后，都因恐惧而归服。马勋于是收了张用诚的部队，将张用诚五花大绑押赴洋州，用棍杖击毙，然后统领所收之兵，带着张用诚的头，回来向德宗复命，前后只用半天多的时间。

◆ 马勋运用自己的智慧，抓住了士兵的心理，在短时间内就取得了这场战争的胜利，不得不让人佩服。

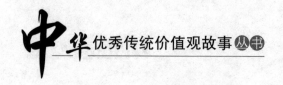

23. 孤身平叛的温造

温造，字简舆，并州祁县（今山西祁县东南）人，生于唐永泰元年（765），卒于唐大和九年（835），唐德宗、穆宗、文宗时期官吏。

唐宪宗时，北方边境屡次遭受侵扰。朝廷为肃清边患，下令向各地征召军队。诏令下到南梁，令其召五千士兵，到京城集结待命。这五千兵士赴京途中，有人带头造反，赶走朝廷派去的统帅。反叛士兵害怕朝廷派兵征讨，没有解散队伍，聚集在一起抗拒朝廷命令，这样他们与朝廷相持已一年有余。

唐宪宗对这股反叛势力十分忧虑，几次想派人去收降，一直找不到合适的人选。这时，京兆尹温造向宪宗请命，要求承担这个任务。宪宗问他需要带多少兵及财用，他说："我不用带一兵一卒，一分一文，只我空身一人便可。"宪宗对此表示疑虑，温造说："此行若不将他们剿灭，愿以九族担保。"宪宗于是就派他出发。

到了南梁边界，叛兵侦察到朝廷只派来一名文官收降他们，庆幸地说："看来朝廷对我们已无可奈何了，前来收降，连个武官都派不出，只好派文官来送死，我们还有什么可忧虑的！"

不久，温造便到了南梁。反兵首先观察温造举动，如无危害之意，便不加害。温造将众反兵招集在一起，对他们说："朝廷派我来宣召诸位归顺，我自知并无这个才能，而且你们也没必要归顺，不过朝廷派我来，我又不能违抗，所以我来之后，只希望大家平安生活，其余的事，我一概不问。"众反兵听后，说道："你既如此，我们绝不加害于你，如玩弄计谋，我们定要你老儿之头。"温造说："我说到做到，请诸位看我的行动吧。"

过了一段时间，南梁反叛将士见温造果然像他自己说的那样，凡事不管，大家也就不再想加害于他了。不过那些将士自知身负反叛之罪，总是十分戒备朝廷突然来人捉拿，所以兵刃从不离身。温造对此也不在意，任凭他们持兵器往来。

有一天，场中演奏歌舞声乐，叛兵们都来观看。按照规定不得带兵器入场，叛兵们定要携带兵器，温造就准许了他们的要求。入场之后，温造让他们到长廊下宴饮，宴席座位的前边，面对台阶分为南北两行，悬起两条长长的绳索。温造让兵士们把随身携带的兵器挂在各自面前的绳索上，兵士们见绳索就在自身旁，挂上无

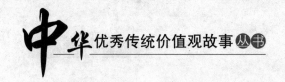

妨，而且带在身上饮宴实在不方便，便纷纷解下兵器挂了上去，然后放心地饮乐起来。不一会，他们开始巡行斟酒劝饮，这时只听一声鼓响，两条绳索突然崩断，挂在绳索上的兵器都弹出三丈之外，饮酒的叛兵见状顿时大乱，因为离开武器，他们就什么本事都没有了。刚想往出逃，长廊之门被紧紧关闭，外面温造迅速率人前来砍杀反叛兵士，五千余人，无一幸免。从此之后，南梁人再也无人敢反叛了。温造回京复命，深受宪宗褒奖。

◆ 温造气豪嫉恶，富有谋略，长于文辞，效力于唐德、穆、文三朝，为唐中央政权削弱藩镇割据势力和国家的统一作出了积极的努力和贡献。

24. 火烧浮桥破敌军的王彦章

王彦章，中国五代时后梁名将。字贤明（一作子明）。汉族，郓州寿张（今山东梁山西北）人。朱温建后梁时，彦章以功为亲军将领，历迁刺史、防御使至节度使。他骁勇有力，每战常为先锋，持铁枪驰突，奋疾如飞，军中号为"王铁枪"。

五代后梁时，李存勖做晋王。此人野心勃勃，想要推翻末帝朱友贞，自己称帝。

当时，李存勖已经占有了河北广大地区，并在德胜口南北修筑了两座城，号称"夹寨"。他又命人沿河水水面用铁链子横贯两岸，修了一条引通两城的浮桥，李存勖想凭借此种办法阻挡末帝进攻。

末帝既为皇帝，他当然不允许有人来推翻他取而代之。可是要讨灭李存勖显然并非易事。他在众臣中做了一番挑选，觉得唯有王彦章可胜任讨伐之务。于是择日封王彦章作了招讨使，派段凝为其副将。临出发前，末帝拉着王彦章的手说："望公努力报效朝廷，不负朕

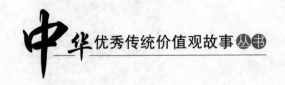

望。"王彦章连称遵命。末帝又问道:"公此行需多长时间才能破敌南城?"王彦章说道:"只需三天。"左右朝臣一听,都感到这是说大话,太不自量力,李存勖防线可谓固若金汤,莫说三天,三个月能破敌就不错了。皇上派这么一个不着边际的人去讨伐李存勖,怎能有战胜希望?所以众臣无不为皇上担心。因为是皇上亲自委任,众人又无法谏阻,一任他前去。

再说王彦章领了军令,立即率兵出发,到达李存勖防线附近的滑州安下兵来时,已经在路上走了两天。他在滑州扎下营寨后,天色已晚,面对前方之敌,他不但不派人探听敌情,反而破天荒地摆起宴席,准备晚上大宴将领宾客。众人都认为王彦章纯粹拿圣旨开玩笑,心中十分担忧。其实他在安排宴席时已暗中派人去到杨村收集船只,并且还组织了一个由六百名强壮士兵组成的手持巨斧的敢死队。一切准备妥当以后,他便悄悄命令这六百士兵上船,装上能熔断铁索的工具、材料等,乘夜色掩护顺流而下,直奔李存勖所设浮桥。然后才返回与众将开怀畅饮,席间也丝毫不见他言及破敌之事。

晋兵将领得知末帝派王彦章讨伐,没把他放在心上,又探得他一到滑州当晚,大宴众将,说道:"末帝看来必亡,派这等酒囊来,怎能动我毫毛?"

王彦章在席上将酒饮到一半之时,突然借口要去厕所小解，便走了出来。他立即换上甲衣，迅速引几千名精兵沿河飞捣德胜口。此时，派出的六百名士兵已用炭火烧熔了李存勖浮桥铁索，用巨斧砍断了浮桥，李存勖的南城和北城立即隔断，王彦章率兵已来到南城城下，晋兵猝不及防，守城主将忙派人去北城求援，不一会回来报告说浮桥已断，兵将得知，立即慌乱起来。这时只听王彦章在马上喊道："浮桥已被我兵所切，南城已成背水孤城，杀啊——"梁兵得知，无不一以当十，结果很快便将南城攻陷。这时第三天天才破晓。

◆ 王彦章异常忠勇，臂力超人，临阵对敌时，经常奋不顾身，身先士卒地冲杀，用兵速度极快。王彦章的骁勇善战由此可见一斑。

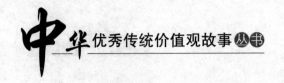

25. 睢阳擒王解敌围的张巡

张巡，"安史之乱"时期著名的英雄。祖籍唐朝蒲州河东（今山西永济）人，生于唐河南邓州。自幼聪敏好学，博览群书，为文不打草稿，落笔成章，长成后有才干，讲气节，轻财好施，扶危济困。至德二年（757），安庆绪派部将尹子琦率十三万精锐军南下攻打江淮屏障——睢阳（今河南商丘睢阳区），他和许远等数千人，在内无粮草，外无援兵的情况下死守睢阳，杀伤敌军十二万，并坚守到至德二年（757）十月，有效阻遏了叛军南犯之势，遮蔽了江淮。据说死后被追封为"通真三太子"。

安史之乱发生时，张巡受命守卫睢阳。敌兵将领尹子琦率数倍于张巡的兵力围攻睢阳，很快，睢阳便被围个水泄不通。

张巡在强敌面前毫不畏惧，他勉励兵将奋力抵抗，尹子琦虽然在城外猛攻，睢阳城却固若金汤。不得已，尹子琦便作了久围的打算。张巡在城中探知了这个情况，心中想道："外援一时不能到达，城若被久围，粮食、武器都会发生困难，那时将会不攻自破，必须想办法尽快解围。"

一天夜里，张巡命令士兵鸣鼓列队，做出准备出击的样子。城外敌人听见鼓声，都以为张巡要趁黑夜突围，所以尹子琦传令士兵不得睡觉，加强警戒，准备歼灭唐兵。可是过了一会，城内鼓声竟然停息了，好久也不见动静。有人报告了尹子琦，尹子琦分析后认为这一定是唐兵在虚张声势，于是就命令士兵可以暂时休息。敌兵得到命令，顿时放松了警惕。

这时，张巡来到城楼上向敌营张望，见敌营内没什么声响，知道击鼓停鼓之计有了痹敌效果，立即向南霁云等将领下达出战命令。南霁云等接令，将城门突然打开，率兵迅猛冲出，敌兵毫无迎战准备，一任唐兵冲到尹子琦的大营，敌营大乱。张巡见南霁云等偷袭成功，立即率兵从城内杀出，一时间喊声呼天动地。张巡边冲边想：敌兵无论如何数倍于己，而且又是尹子琦组织迎战。擒贼先擒王，只要先抓到尹子琦，敌军会立刻失去战斗信念，在我军猛烈攻击下，自然溃败。可是当时正在夜间，谁知哪个是尹子琦呢？顿生一计，他立即让人用蒿秆作了一支假箭，然后随便向一个敌兵射击。那个敌兵身上中箭，并不疼痛，将箭拾起一看，原来是用蒿

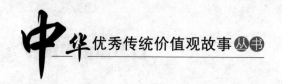

秆做的。便猜想唐兵一定是箭用光了。立即跑到尹子琦那里报告这一情况。张巡这时在马上紧密注视这个敌兵，果然见他和一个骑白马的军官搭上了话，张巡立即料定此人肯定是尹子琦，于是立即命令神箭手南霁云搭弓射骑白马敌将，只听一声弦响，一箭正中那敌将左目，原来此将正是尹子琦，这时只听尹子琦在马上痛得哇哇怪叫。敌兵一见主将受了重伤，更无心恋战，拼命后逃，尹子琦无法，只好领兵退走，睢阳之围就这样被解除了。

◆ 张巡能做到身先士卒，作战英勇。他坚守战略要地睢阳，虽然自知兵微将寡，但却像钉子一样牢牢地钉在哪里，使叛军始终也没有染指江淮。

26. 草人雍邱败敌军的张巡

张巡，"安史之乱"时期著名的英雄。祖籍唐朝蒲州河东（今山西永济）人，生于唐河南邓州。自幼聪敏好学，博览群书，为文不打草稿，落笔成章，长成后有才干，讲气节，轻财好施，扶危济困。至德二年（757），安庆绪派部将尹子琦率十三万精锐军南下攻打江淮屏障——睢阳（今河南商丘睢阳区），他和许远等数千人，在内无粮草，外无援兵的情况下死守睢阳，杀伤敌军十二万，并坚守到至德二年（757）十月，有效阻遏了叛军南犯之势，遮蔽了江淮。据说死后被追封为"通真三太子"。

唐代安史之乱时，敌将令狐潮指挥兵马将雍邱城团团围住，企图从速攻克该城，谁知攻打数日之后，守将张巡率士兵奋力保卫城池，雍邱城仍没被拿下。令狐潮极为恼怒，下令继续猛攻，发誓要在近日攻占此城。由于其城被围已久，加上近日又遭受敌兵猛攻，唐兵奋力反击，结果城中的箭已经用光了。没有了箭，必然给守

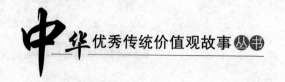

城带来极大困难，雍邱城立即面临被攻破的危险，兵将们心中十分着急，有人不免恐慌起来。纷纷围着张巡，让他快作主张，有人干脆提议弃城逃跑。张巡说道："现在情况很危险，即便是放弃城池，恐怕也难以逃脱，诸位且莫惊慌，让我再想想办法。"张巡说罢，在军帐中踱了一会，然后将拳头在床上一捶，说道："有了。"

接着张巡便发出命令，他让士兵快速用草扎了一千多个草人。然后又让人把每个草人披上黑衣，用绳子拴上。兵将都不解其意。到了这天夜深之时，张巡发出命令，他让士兵把白天准备好的草人用绳子吊着由城墙上慢慢放下去。这时只听城外敌兵一阵喊叫，狂呼："唐兵乘夜色出城突围来啦！"接着就听一阵阵密集的放箭之声。过了一段时间，张巡下令让士兵再把草人拽上城去，士兵们往上拽时，都觉十分沉重，拽到上面一看，草人上已插满了箭，把箭拔下来积在一起，足有一万余支，士兵们这才知道张巡用意，无不欢喜异常，部队士气顿时大增。再说城外敌兵放了一阵乱箭之后，并不见有什么动静，影影绰绰又见黑人一个个爬上了城，令狐潮出来巡视一下，恍然大悟，连称中计，但后悔已晚。

谁知过了一天夜里，城外敌兵又见从城上放下黑乎乎类似人的东西，立即报告了令狐潮。令狐潮听后，哈哈大笑，说道，"张巡小儿，你又来赚取老子之箭来了吗？老子怎会再上你当。"于是下令士兵不准再放箭射那似人之物。谁知这一次城上放下的全是真兵。原来，张巡已料定令狐潮知前番中计，必然防备再中同样之计，即使放出真人，他也不会再发令用箭去射，于是组织了五百名士兵编成敢死队，将其乘夜色掩护放出城去，这五百名士兵果然安全来到城下，如同猛虎下山，以锐不可当之势直冲令狐潮大营，敌军猝不及防，顿时营中大乱，一任张巡这批敢死队任意砍杀，边杀边放火，敌兵顿时被这突如其来的猛烈袭击吓破了胆，纷纷溃散，张巡在城上观看，见时机已到，下令大开城门，率军冲杀出去，令狐潮哪能抵挡得住，下令后退，一退更是溃不成军，可怜那些敌兵，纷纷作了阴间之鬼，张巡乘胜指挥士兵奋力追击，一直追了十余里，终于解了雍邱之围。

◆　张巡既有高瞻远瞩的战略远见，又能做到审时度势。他智谋超群，指挥卓越，尤其善于临机应敌。战术上灵活多变，不拘泥古法。

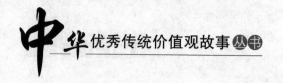

27. 安一仇而坚众心的张良

张良，字子房，汉族，传为汉初城父人，今亳州市城父镇。汉高祖刘邦的谋臣，秦末汉初时期杰出的军事家、政治家，汉王朝的开国元勋之一，"汉初三杰"（张良、韩信、萧何）之一。以出色的智谋，协助汉高祖刘邦在楚汉之争中最终夺得天下。待大功告成之后，张良及时功成身退，避免了韩信、彭越等鸟尽弓藏的下场。张良在去世后，谥为文成侯（也称谥号文成），此后世人也尊称他为谋圣。《史记》中有专门的一篇《留侯世家》，用以记录张良的生平。

汉五年十二月，刘邦部署了垓下之围，一举消灭了项羽，从这时起，天下已完全归属汉家。转年正月，刘邦举行庆功会，大封功臣，一口气封了萧何、曹参等二十余人。然而有功之人当时很多，难以一一加封，没得到加封之人心中不满，日夜在那里争功不休，弄得人心很不安定，很可能酿成一场动乱。张良发现这个问题，觉得非同小可，于是决定帮助刘邦尽快妥善解决这个问题。

正巧，有一次刘邦在洛阳南宫议事，张良也在场。刘邦偶然间举目窗外，见诸将三三两两地坐在一起议论不休。心中十分纳闷，问张良道："子房，你看，诸将三五成群地坐在那里比比画画地在说什么？"

张良便凑近刘邦，说道："陛下难道不知道吗？这些人是在商量造反之事呢。"

刘邦听后，惊愕不止，追问道："天下刚刚安定，何故又要图谋造反呢？"

张良回答说："陛下起自布衣，靠这些人夺取了天下。如今陛下作了天子，这些人必定希望得到陛下封赏。可是陛下所封之人都是像萧何、曹参等这些往日故旧、亲信，所诛杀的都是与陛下平生结下仇怨之人，现今军吏统计诸将功劳，认为天下不够用来普遍封赏。这一点诸将已经知道了，他们担心陛下对他们不能一一加封，又怕平日对陛下有所得罪而被陛下猜疑遭到杀害，所以才相聚图谋造反。"

刘邦听后，感到事情严重。思来想去，自己实在拿不出一个安抚诸将的妥善办法，因为他觉得只有普遍封赏，才能使诸将满意，而事实上并不能做到这一点，于是就问张良说："这可怎么办呢？"

张良略一沉思，对刘邦说道："陛下平日最恨而且又被群臣所共知的人是谁？"

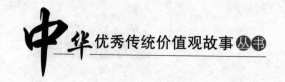

刘邦回答说："是雍齿。他曾跟从我起兵，不久便背叛了我，后来又回到我身边，从战屡屡建功，不过他曾再三困辱过我，我几次想杀他，因为他功多，一直不忍心。"

张良听后，说道："陛下赶快先封雍齿。"

刘邦说道："论功，雍齿并不是最多之人，而且他又和我一向有怨，若封，也轮不到他。

张良说道："陛下差矣，现在谁也不该封，只有雍齿该封。"

刘邦问为什么，张良说道："封雍齿给群臣看，让他们觉得雍齿还能得到加封，他们就自信地位有望了。"

刘邦听后，恍然大悟。赶忙传令备酒设宴款待群臣，诰封雍齿作了什邡侯。接着又敦促丞相、御史抓紧对诸臣定功行封。群臣见状，果然皆大欢喜，纷纷说道："像雍齿那样的人尚能封侯，我们还愁什么呢？"

于是，一场可能发生的动乱就这样被消灭在萌芽之中。后来，张良这种安一仇而坚众心的策略常被一些政客们加以施用，成为锦囊妙计之一。

◆ 张良此举，不仅纠正了刘邦任人唯亲、徇私行赏的弊端，而且轻而易举地缓和了矛盾，避免了一场可能发生的动乱。他这种安一仇而坚众心的权术，也常常为后世政客们如法炮制。

28. 杯酒释兵权的宋太祖

宋太祖赵匡胤，中国北宋王朝的建立者，汉族，涿州（今河北）人。出身军人家庭，赵弘殷次子。948年，投后汉枢密使郭威幕下，屡立战功。951年，郭威称帝，建立后周，赵匡胤任禁军军官，周世宗时官至殿前都点检。960年，他以"镇定二州"的名义，谎报契丹联合北汉大举南侵，领兵出征，发动陈桥兵变，黄袍加身，代周称帝，建立宋朝，定都开封。在位16年。在位期间，加强中央集权，提倡文人政治，开创了中国的文治盛世，是一位英明仁慈的皇帝，是推动历史发展的杰出人物。

宋太祖赵匡胤当上开国皇帝之后，跟随他南征北战立下赫赫战功的大将石守信、王审琦等执掌禁军。这些人兵权在握，权势极盛，如果他们想要杀掉宋太祖搞叛乱，简直可以说是不费吹灰之力。宋太祖当时还没有觉察出这一点，倒是赵忠献屡次向宋太祖进言，强调危险性，请求把石守信等调任他职。宋太祖听后，觉得赵忠

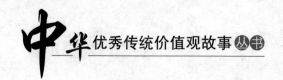

献言之有理，顿感问题严重。但是像石守信、王审琦这些人，和自己共同打过天下，自己利用人家当上了皇帝，然后就要把人家拿掉，实在面子上过不去，而且也难以开口。然而后来事态发展表明必须把他们的兵权削去，不然就要后患无穷。怎么办呢？他思来想去，想出了一个好办法。

一天，宋太祖趁闲暇，在宫中设下宴席，宴请石守信等大将。石守信等不知其中奥妙，见皇帝有请，就纷纷前来赴宴。宋太祖比任何时候都显得客气，也不顾皇帝身份，就像当年与诸将一起征战一样，拍拍这个人的肩膀，握握那个人的手，问短问长。诸将都感到无比亲切。

很快开宴。宋太祖举起杯来，发表一通貌似感情十分真挚的讲话，大体是对往事的追忆和对诸将的感激之言。说到动情处，还滴下几滴清泪。诸将见这情景，都认为皇帝十分诚挚。然后，宋太祖便挨个敬酒，敬过之后，宋太祖语重心长地说："这江山是大家帮我打下来的，我与诸位可以说是具有手足之情的。我与你们一同共事到今天，从未有丝毫不信任你们的想法，此点天地可鉴。可是朝中许多大臣多次向我进言，说你们兵权太重，恐怕不利于国家安宁。众人之愿看来不可违。我准备让诸位各自随意挑选富饶地区，离开京城，去各地当节度使。在那里，所得赋税的收入是相当丰盛的，你们可以养尊处优，一辈子荣华富贵，我想这也不次于你们今天的职位所得。我有几个女儿，都嫁给你们的儿子，咱们结成儿女亲家，永远相处得亲密无间。"

石守信等人听了这番话，觉得太祖是发自肺腑，不怀任何卑鄙之意，而自开始跟定太祖起事，也是为了荣华富贵，既然去当节度使也可长贵不衰，何乐而不为呢？于是众人立即叩头称谢，纷纷交出了兵权，去自选之地当节度使去了，有的任职长达二十多年，大家谁都没有什么怨言。

◆ 后人极赞宋太祖对功臣的安排办法高明，一杯酒便解了他们的兵权而他们至死也没有怨言。被誉为"最高政治艺术的运用"，成为千古佳话。

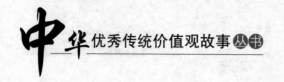

29. 大破"常胜军"的岳飞

岳飞，字鹏举，汉族。北宋相州汤阴县永和乡孝悌里（今河南省安阳市汤阴县菜园镇程岗村）人。中国历史上著名战略家、军事家、民族英雄、抗金名将。岳飞在军事方面的才能则被誉为宋、辽、金、西夏时期最为杰出的军事统帅，联结河朔之谋的缔造者。同时又是两宋以来最年轻的建节封侯者。南宋中兴四将（岳飞、韩世忠、张俊、刘光世）之首。

金兀术有支名叫"拐子马"的骑兵，骁勇异常，锐不可当。骑在马背上的士兵和马的身上都披有铠甲，而且每三人为一伍，用很粗的牛皮绳连在一起，号称"常胜军"，宋军难以抵挡。郾城之战时，兀术派了一万五千骑"拐子马"来犯，宋元帅岳飞亲自率领众将士迎战。岳飞仔细观察了"拐子马"的阵式和队形，就下令让步兵放下长枪、矛戈，一律都改用麻札刀对阵，并告诫众步兵，一手持刀，一手执盾，猫腰弓身，一定不要向上看，一手用盾牌护住头部，一手挥刀砍马腿。因为马腿上并没有铠甲保护，所以一砍就断，又因为"拐子马"是三匹连在一起的，只要一匹马倒下，另外两匹马就动不了了。这一招果真非常见效，一万五千骑"拐子马"，很快就被砍伤许多，互相冲撞，互相践踏，乱了阵式，不能前进。岳元帅马上挥动令旗，命令宋军奋力冲杀上来，号称"常胜军"的"拐子马"很快就被消灭了。金兀术见手中的王牌军遭到如此悲惨下场，又早已知道岳飞的厉害，不敢再战，只好逃回军营。

◆ 岳飞不愧是我国历史上一位杰出的抗金英雄，其一生中"还我河山"和"精忠报国"的爱国精神一直激励着后人。

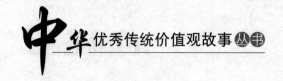

30. 以逸待劳大败金兀术的刘錡

刘錡，字信叔，宋朝将领。德顺军（今宁夏隆德）人，沪川军节度使刘仲武第九子，外表出众。通晓兵法与风水五行之术，擅长射箭，声音响亮如洪钟。死后被尊为神。在浙江湖州市德清县，有刘王爷庙，奉祀刘錡。

金兵南侵时，宋朝太尉刘錡派部下耿训向当时的金兵主帅兀术下战书，请求与太子交战。金兀术愤怒地说："好个刘錡老儿，你怎敢与我交战，凭我现在的力量，只需用我的靴子尖一挑也就可以了。"说罢，将两眼朝天翻了几番，表示出不屑一顾的样子。耿训见状，又用话来进一步刺激金兀术说："我朝太尉之所以请求与太子交战，是他认为元帅你无胆量与他交战，恐怕你连河也不敢渡呢。"金兀术听后，气得在地上呀呀乱叫。耿训又说："元帅你好威风，我朝太尉说了，如果你敢渡河决一死战，以见胜负，他宁愿为元帅搭五座浮桥。"金兀术一屁股坐在椅上，说道："那好，咱们一言为定。"

第二天早晨，金兀术派人到河上一看，浮桥已给他搭好。金兀术立即命令士兵渡河。

再说刘锜，他得知金兀术同意渡河决战之后，在搭桥的同时，已在河的上游和河边的草中放了毒药，然后警告自己的士兵说："众将士即便渴死，也千万不能喝河中之水。"众将士自然遵命。

当时正是大暑天，金兵远途而来，人马饥渴，极为疲惫，渡河时，争着喝河中之水，好些都已经中毒倒下了。刘锜在河的对岸，以逸待劳，养精蓄锐，力量强盛。金兵渡过河后，还属早晨，按理说正是交战好时光，可刘锜却一直按兵不动。到了那天中午，太阳火辣辣地暴晒，大地生烟，金兵此时已被晒得精疲力竭，刘锜突然派出数百名精兵从城西门而出与金兵交战。过了一会又派数千名精兵，每人手持一斧，偷出南门，迂回而往，突然冲入敌阵。金兵腹背受敌，无法抵挡宋兵，结果大败而归。当天夜里偏又下起大雨，平地积水一尺多深，士兵叫苦不迭，金兀术只得下令拔寨向北撤兵。刘锜趁势挥兵追杀，金兵一下子死伤了近万人，宋兵得胜回营而去，金兀术只好自认倒霉。

◆ 刘锜慷慨深毅，智勇双全，有儒将风。金主亮之南也，下令有敢言锜姓名者，罪不赦。宋廷赠开府仪同三司，赐其家银三百两，帛三百匹。后谥"武穆"。

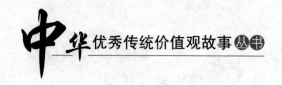

31. 百姓巧计淹昭王

周昭王，中国周朝第四代王。汉族，镐京（今西安市长安区）人。姬姓，名瑕。周康王之子。昭王欲继承成康王事业，继续扩大周的疆域，从昭王十六年开始，亲率大军南征荆楚，经由唐（今湖北随州西北）、厉（今湖北随州北）、曾（今湖北随州）、夔（今湖北秭归东），直至江汉地区，大获财宝，铸器铭功。昭王十九年，他亲自统帅六师军队南攻楚国，全军覆没，昭王死于汉水之滨。南征的失败，不仅是周王朝由盛到衰的转折点，也是楚国强大到足以与周王朝抗衡的一个标志，后来楚国成为春秋五霸之一，雄踞南方，问鼎周疆。

武王灭纣建立西周王朝，经历成、康二王，便传到了昭王。昭王是康王之子，他早已忘记祖先创业的艰难，利用自己的天子之位，尽情享乐，对政事毫不关心。后来，只要一听说哪里有珍禽异兽，便立即放下国家大事不管，带上人马前往围猎。

昭王十九年的一天，一位大臣对昭王说："听说过去在南方有个叫越裳氏的国家，曾来镐京给先王进贡一种他们那里出产的白色野鸡，这是天下最美的一种飞禽，羽毛漂亮，肉也鲜美。"昭王一听，立即查问负责接纳各国贡品的官员，官员告诉他说："自从大王即位之后，越裳氏就不曾来进过贡。"昭王追问是什么原因，那官员说："都是荆楚作怪，他们地处五岭以北，汉水以南，在那里称霸，荆楚以南一些国家给天朝进贡的物品多半被他们截获，越裳氏位于楚国之南，他们的白野鸡当然就到不了大王您的面前了。"昭王听后，心中大怒，骂道："好个南蛮，如此无理，胆敢从天朝口中夺食，我要让他们知道我的厉害。"骂罢，立即选出精兵强将，择了个吉日，去攻打楚国。

天子御驾亲征，所经各地的官员必须细心侍奉。这样一来，便苦了沿途百姓，吃的喝的都要从他们身上出，家中的粮食统统被抢走了，耕牛和鸡鸭也被夺去宰杀了，不仅如此，昭王还把他们拉去服各种劳役，渡汉水时，把附近百姓的船只都抢了过来，供他使用，又抓船夫为他撑船，撑得稍慢一点，就令士兵抽打船夫，汉水附近的百姓看到这一切，对昭王无不恨得咬牙切齿。那昭王渡过汉水后，对楚国攻打几次，没有占到什么便宜，便搜刮一些财物珍宝，沿去时的路线往回返。汉水附近的百姓恨透了昭王，决定这回要教训他一番。可是昭王身边有众多军队，还有贴身卫士，普通百姓怎能到他跟前？这时有人说："昭王过汉水还不得用我们的船吗？若是这样，那就好办了。"众人忙问有何主意，那人说："挑几艘大船，先用板斧把它劈坏，然后再用胶把它胶上，在上面画一些好看的图案把斧痕掩盖住。昭王用了这样的船，到江心，水浸开胶，昭王和他的大军还不葬身鱼腹啊？"众人一听，连称"妙、妙、妙！"立即照这个主张备好了两艘大船，等待昭王。不久昭王返回到了汉水，见百姓已经给他造好了两艘大船给他专用，心中大喜，立即命人对船的质量作了一番检查，因为斧痕掩盖得十分巧妙，根本没发现有什么不妥之处。昭王于是率领大军上船，装上财宝向江心开去。到了江心，风急浪高，那船已在水中浸泡了好长时间，现在又被浪打水拍，立即散了板，昭王一见不好，在船上连呼救命，可是这时人人自危，慌作一团，没人来救他，眼看着昭王和他的大军以及搜刮来的财宝便向水里沉去，幸好马车夫辛游靡会点游泳的本事，才把昭王从水中拉出，弄上岸。然而昭王已经被淹了一下，游向岸边的过程中又几度遭水呛，上了岸，不一会就死了。昭王的儿子穆王从镐京得到消息，立即派人去汉水边抓那里的百姓算账，然而那里百姓见昭王被淹死，拍手称快的同时，早都四散逃命去了，周朝派去的人竟然连一个百姓也没有抓到，穆王无法，只好把昭王埋葬了事。

◆ 君主如船，百姓如水，水能载舟，亦能覆舟。身为君主就应有"民为贵，社稷次之，君为轻"的思想，这样才会受到百姓的拥护和爱戴。

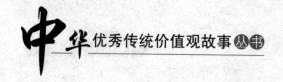

32. 智退桃豹筹军粮的祖逖

祖逖，字士稚，汉族，范阳遒县（今河北涞水）人。北州旧姓，东晋初期著名的北伐将领。著名的"闻鸡起舞"就是他和刘琨的故事。曾一度收复黄河以南大片土地，但后因朝廷内乱，在他死后北伐功败垂成。祖逖亦是一位极受人民爱戴的将领，他死后，所辖的豫州人人都好像父母离世那样悲伤。

东晋元帝之时，祖逖做豫州刺史。当时，陈川组织地方武装作乱，祖逖奉命前往讨伐。两军交锋几次，陈川大败，眼看走投无路，便派人联系投靠了与东晋为敌的羌族首领石勒，石勒立即派其侄石季龙率领五万人马去援救陈川，两军联合起来与祖逖对阵，结果又被祖逖打败。石季龙与陈川无奈，只好一同撤走，留下部将桃豹守城。祖逖得知情况，立即派出大将韩潜进攻桃豹，结果桃豹又丢了东城，为韩潜所占，桃豹只好退守西城。两军同城东西相持，一直相持四十余天。韩潜和祖逖本部军粮都开始缺乏，桃豹的军粮也出现紧张局面，士兵无粮，必然不战自溃，所以双方都千方百计地在粮食问题上用心思。祖逖心想：敌兵现今已无多少粮食贮存，大有朝不保夕之感，我军虽然也无粮食，如能以一种得粮假象迷惑敌兵，敌兵必然恐惧而无战心，敌人便好攻灭了。于是便琢磨出一个办法。

一天，祖逖发布命令，让本部几百名士兵把盛粮食的所有口袋装满黄土。然后组织上千人运粮大队把"粮食"运往韩潜所驻守的东城，在运粮队后面，祖逖特意让几名士兵挑着几袋真粮食随队行进。不一会就作出掉队的样子，坐在路旁歇息起来。桃豹不知是计，他见祖逖运粮大部队已过，立即派人来抢这几位掉队晋兵的粮食。这几位士兵见敌人来抢，便按祖逖之意，立即弃粮逃跑，结果这几袋真粮便落入桃豹士兵手中。

桃豹士兵把这几袋粮食带回城去，城中士兵立即得知韩潜部队已得到粮食补充，而自己一方粮已空绝，几天没吃上一顿饭，没有粮食的部队面对有粮食的部队怎么能打胜仗？桃豹士兵中顿时人心惶惶，深知亡在旦夕，根本无心守城了。桃豹自截得这几袋晋军粮食，也真以为晋兵得了大批粮食，心中十分焦急，频频派人请求石勒赶忙输送粮食救援。

石勒也不知实情，立即派人去给桃豹运送粮食。祖逖早已注意这一动向，而且早就派出士兵埋伏路中准备

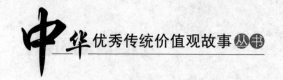

中途截获。果然不出祖逖所料，石勒运粮部队如预想的
那样落入晋兵埋伏之中，一声炮响，晋兵从两旁杀出，
将石勒送来的粮食全部截走。桃豹在西城中见救援久久
不到，自知如此再守下去，必然全军覆灭，便率军趁着
黑夜偷偷逃走了。

◆ 祖逖素怀大志，忧国忧民的品质及为收复失地
而大胆进言、身体力行的胆识，为后人所敬佩。

33. 机敏破案的国渊

国渊，字子尼，青州乐安盖县（今山东沂源东南）人，曾避乱辽东，后来归魏为臣。他是魏国著名的政治大臣，功绩比得上枣祗、袁涣等人。当曹操征讨关中之时，以国渊为居府长史，统领留守都郡事务。其时田忌、苏伯于河间造反，事败后二人的余党被捕，按律皆应伏法受刑。但国渊认为这些人都不是首恶元凶，于是请求不必行刑。曹操听从其请，于是赖国渊而得以生存者，足有千余人之多。当时有人上投匿名书刊对朝廷作出诽谤，曹操十分不满，一定要知道这本谤书的作者。魏郡太守国渊运智用计，终于得知事情的真相，捉拿了肇事者。后迁太仆，节衣简食，以恭俭自守，并于任期内逝世。

三国时，魏国有人写匿名信诽谤时政。魏太祖曹操得知后十分生气，发誓要将写信人查出。

他把自己的意愿形成文书发给各郡太守，令其悉心追查，并将事成后的封赏也一并写出。文书下达之后，

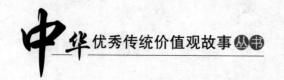

各郡太守大都觉得此事难办，一时没有主张，只有魏郡太守国渊，上书给曹操，请求由自己去查办此案。曹操闻报大喜，立即召见了国渊。礼毕之后，曹操说道："查办此案，太守有何要求，请向本王面陈。"

国渊说道："查清此案，并非易事，臣有一事相请。"

曹操说道："请说来。"

国渊说道："此匿名信是查清此案重要之物，案情未明之前，请王勿宣泄此信内容。"

曹操说道："一准所请。"

国渊于是从曹操手中接过匿名信，赶回府中。他打开仔细看了那封匿名信，然后走到窗前，沉思起来，大约一个时辰，他命令手下人说："去把功曹叫来。"

功曹立即来见，叩问太守命他去办何事，国渊说道："咱们这个郡很大，又是都城所在地，要将这里治理好，人才问题相当重要，现今我手下有学问者太少了，想从府中年轻官员中选出几位，让他们出去拜师学习学习，你给我提个名单吧。"功曹听闻，立即照办，很快为太守选出三人。国渊立即把这三个年轻人召集到一起，对他们说："本府把你们三人选出，令你们去拜师学点学问，好为国家效力。学什么呢？我看就学好张衡的《东京赋》《西京赋》，它们是内容极丰富的佳作，学好了会对你们大有裨益，然而它们的价值却长期以来被世人忽视，能传授讲解它们的人很少，你们这次出去，想办法寻一寻名师，把它们学明白，回来见我。"说完此话后，又压低声音，如此这般地向他们嘱咐了一番。

三人于是告别了太守，各自打扮成普通求学者的样子，深入民间，分头探访精通《二京赋》的学者，欲拜为师，很快便访到一位自称精通《二京赋》的先生，三人大喜，送上礼品，行了拜师大礼，便在那位先生指导下学习起来。

几天之后，三人恭请先生给《二京赋》亲笔作注，先生见学生如此崇拜他，十分高兴，立即濡墨挥毫，做起注释。夜里，三人中立即派出一人将这位先生亲笔之注送给太守国渊过目，国渊立即拿出那封匿名信，在灯下与这位先生之注做了比较，发现二者笔记完全相同，庆幸大案将破，一晚激动得难以成眠。

第二天一早，国渊便派人出去逮捕那位先生，当时那位先生还在被窝中躺着呢。捕役们没容分说，立即将他带走。

国渊升堂，当面出示了匿名信，拷审那位先生。那位先生在事实面前无法抵赖，只好承认了匿名信是自己写的。国渊为防止冤诬好人，命令那位先生当堂口述了

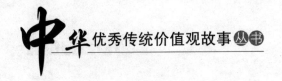

匿名信内容，竟与原信完全相同，于是便把案犯交给了曹操。不过曹操并没有杀他，只是将他关押一段时间放掉了。

　　事后曹操召见国渊，问他怎么这么快便破了案，国渊说道："臣回府后仔细看了这封匿名信，发现信中多处引用了张衡《二京赋》中的话，猜想写信人一定对《二京赋》很有研究，于是就派出人访求精通《二京赋》的学者为师，很快便破了此案。"曹操听后，极赞国渊此事做得机敏过人。

　　◆ 国渊机敏过人，智慧与才能并重，实在让人钦佩。

34. 曹冲称象

曹冲，字仓舒，东汉末年人，曹操之子。从小聪明仁爱，与众不同，深受曹操喜爱。留有"曹冲称象"的典故。曹操几次对群臣夸耀他，有让他继嗣之意。曹冲还未成年就病逝，年仅十三岁。

吴主孙权为表示友好，派人给曹操送来一头大象。曹操见后，十分高兴。他用手捋着胡须，对身边文武大臣说道："我想知道这头大象的重量，你们谁有办法把它的重量称出来？"众臣听后，无不面面相觑。因为大象少说也有几千斤重，到哪里去找那么大的秤去称它呢？

这时，曹操五六岁的小儿子曹冲跟在曹操的身后，他见众人为难，就站出来对曹操说："启禀父王，儿臣有一个办法可帮父王测知这头大象的具体重量。"

曹操听后，微微一笑，说道："吾儿不是戏言？"

曹冲说道："儿臣怎敢。"

曹操说道："既然如此，吾儿说说看。"

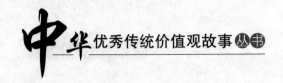

曹冲说："请父王准备一条大船，放到河里，把大象牵到船上，这时船身就要被大象压得下沉，然后在船帮齐水处刻下一道标记，把大象牵下船来，往船上一块一块装石头，等船身下沉到标记处就停止，卸下石头，用秤去称这些石头，把称得的数量加起来就是这头大象的重量了。"

众臣一听，茅塞顿开。曹操见曹冲小小年纪竟能想出成年人想不出的妙法，十分高兴，他立即命人照曹冲说的去办，结果很快便测出了大象的重量。

◆ 从以上历史故事来看，古希腊的阿基米德浮力原理也比他较晚，真可谓是"有志不在年高，无志空活百岁"。

35. 略施小计救库吏的曹冲

曹冲，字仓舒，东汉末年人，曹操之子。从小聪明仁爱，与众不同，深受曹操喜爱。留有"曹冲称象"的典故。曹操几次对群臣夸耀他，有让他继嗣之意。曹冲还未成年就病逝，年仅十三岁。

曹操在同蜀、吴争雄时，深感纪律的重要，因此他颁行了一套严格的纪律条令，属下稍有触犯的，一定严加追究，绝不宽容。

有一段时间，曹操把他的心爱之物马鞍子交给库吏，令他放在库中妥为保管，如有闪失，严惩不贷。库吏领命，便将马鞍放在库中保管了起来。谁知偏偏出了事。有一天，库吏前往检查马鞍，突然发现有个地方被仓中老鼠咬破了，一时不知怎么办才好，他知道此物是曹操爱物，而且交给他时又有话在先，如今曹操得知，祸将不测。他想逃跑，觉得也不是个办法，思来想去，决定还是前去低头认罪，争取宽大处理。

正当这时，曹操的小儿子曹冲跑到库房处来玩，他

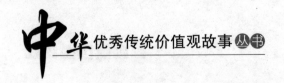

见库吏坐在地上愁容满面，就好奇地问道："你怎么啦？为何发愁？难道有不顺心的事吗？"

库吏回答说："唉，谁无祸事无故发愁呢？"

曹冲忙问："你有什么祸事？"

库吏便把事情原委一一说了出来。

曹冲说道："我是魏王之子，你把实情说给我，难道不怕我去报告吗？"

库吏说道："我若怕，早想办法逃命去了，现在我工作有失误，理应受罚，正准备把自己捆绑起来，去魏王面前请求处理。"

曹冲听了这番话，心想：好个烈性的汉子，老鼠难以防范，鼠咬马鞍，也是无奈之事，他既如此效忠其职，必是个好人无疑，自己怎肯让他无辜受刑？想到这里，他说："是老鼠咬坏马鞍，又不是你故意损坏，你却敢负其责，其心可嘉，我来帮你摆脱父王之惩吧。"

库吏说道："魏王一向执法严厉，任你怎么去说，都恐无济于事。"

曹冲笑了一笑，说道："你只如此如此，必保无事。"库吏听后，姑且照曹冲之言去办。

曹冲回去后，趁无人之时，用小刀将自己的衣服不少地方扎成像老鼠咬的样子。然后便去见曹操。到了曹操那里，曹冲装出一副极不痛快的样子。曹操不知何事令爱子不快，赶忙追问。曹冲说："父王还用问吗？你看我的衣服好端端地被老鼠咬了这么多洞，人家说，谁的衣服让老鼠咬了谁就不吉利，所以我心里很不痛快。"曹操听后，微微一笑，说道："哪里哪里，吾儿勿念，那些全是无稽之谈，去高高兴兴玩去吧。"

正当曹冲与曹操在屋中讲话之时，库吏手拿马鞍子进来，扑通一声跪在曹操面前，叩头如捣蒜。曹操忙问何事，库吏便把老鼠咬破马鞍之事告诉了曹操。曹操听完，非但不怪，反而哈哈大笑，说道："小事一桩。鼠咬了鞍，不干你事。吾儿衣放禁宫之中，尚且被鼠咬破，何况我的马鞍放在库中。回去吧，好好看管库房。"库吏听罢，千恩万谢地离开了。

曹冲小小年纪，竟施小计，哄过了父亲，使库吏免遭一场大难。

◆ 曹冲从小就表现出惊人的天赋，理解能力很强，到五六岁其才智便达到成人水平。而曹冲那么小就会因势利导，给他父亲讲道理，把握人的心理之准确，实在可以称得上是个天才。而且他把智慧用在救护弱小人物身上，他是一位非常善良而富有同情心的人。

36. 明察秋毫的孙亮

孙亮，字子明，三国时期吴国的第二位皇帝，公元252—258年在位。他是吴大帝孙权与潘皇后的第七个儿子，252年孙权去世后即位，258年被权臣孙綝废为会稽王。

孙亮即位作了吴王之后，有一次想吃生梅，就吩咐身边的小太监到宫库中去取蜜来浸梅。不大一会儿，小太监就端着盛蜜的银碗回来了。孙亮接过，打开碗盖一看，蜜里竟然有几粒老鼠粪，不由怒从心起，大喝一声道："传库吏来见！"

库吏被传，慌忙跑来，跪倒在孙亮面前。孙亮怒容满面地责问道："好你个小吏，我来问你，你是怎么管库的？竟让老鼠将屎拉到蜜里？"

库吏答道："小人自管库以来，时时尽心尽力。那盛蜜的缸一直封得十分紧，老鼠是万万进不去的。主上如不信，可现在派人去验看，如小人所言非实，甘愿受刀锯之刑。"说罢叩头如捣蒜。

孙亮想道："库吏既然如此说，派人去验看一下，便会真相大白，到那时据情处理，罚必无怨。"想罢立即派人到库中做了检查，结果与库吏所言完全一样。

孙亮得到回报之后，沉思一会，已明白几分，便向库吏问道："太监是否去你处要过蜜？"

库吏答道："其他太监不曾向小人要过，只是刚才这位太监曾向小人要过，我说这蜜是专给圣上用的，没有给他。"

孙亮听罢，立即传来端蜜的小太监，把库吏方才说的话对他说了一遍。

那小太监听孙亮这么一说，知大势不好，赶忙分辩说："小人何曾向他要过蜜？分明是他作为库吏失职，想以此嫁祸于我，请圣上为小人做主。"

当场好几位大臣对孙亮说道："库吏说此事与他无关，小太监也说不干他事，他们小人各自推托，何劳圣上为此去费心思，交给法官审理一下就完了。"

孙亮说道："这点小事，很容易搞清，何必要交给法官呢？"

孙亮说完，就命人从蜜中取出鼠粪，把粪粒剖开一看，发现那鼠粪只是外表一层湿，里面全是干的。孙亮得知这种情况，对当场的几位大臣说："现在事情已经十分清楚了。"说罢把脸转向小太监，喝道："我方才命人验看过鼠粪，发现只是外表湿了一层，如果是鼠粪早

就在缸里，应该里外全湿，这分明是刚放进去的，与库吏无关，你曾讨蜜不得，想必怀恨在心，以此陷害库吏，还有何辩？"

小太监见被孙亮说破真相，无法抵赖，只好低头认罪，在场官员见刚刚即位的幼主孙亮如此明察秋毫，不为人欺，十分震惧，自此之后在孙亮面前无不小心从事。

◆ 可见，我们对于形势复杂难以判断的事物只要全面分析、推理，开动脑筋想办法，不被表面现象所迷惑，不被事物的复杂性所吓倒，这样就能正确认识事物的现象和本质。

37. 少年有大智的诸葛恪

诸葛恪，字元逊，琅琊阳都（今山东沂南）人。三国时期吴臣，蜀丞相诸葛亮之侄，吴大将军诸葛瑾长子。从小就以神童著称，深受孙权赏识，弱冠拜骑都尉，孙登为太子时，诸葛恪为左辅都尉，为东宫幕僚领袖。曾任丹杨太守，平定山越。陆逊病故，诸葛恪领其兵，为大将军，主管上游军事。孙权临终前为托孤大臣之首。孙亮继位后，诸葛恪掌握吴国军政大权，初期革新政治，并率军抗魏取得东兴大捷。

吴国有位大臣名叫诸葛瑾，字子瑜。因为诸葛瑾长着一副又瘦又长的脸，吴主孙权常拿他开玩笑，说他长着一副驴脸。

有一天，孙权举行盛宴招待满朝文武。诸葛瑾带上他才七岁的小儿子诸葛恪参加了宴会。酒过几巡之后，孙权已有醉意，只见他两眼直直地盯着诸葛瑾的脸，诡秘地一笑，然后把一个侍者叫到身边，嘀咕几句之后，侍者便走出了宴会厅。

　　没过多久，只见刚才离去的那位侍者牵着那头孙权喜爱的毛驴走进大厅，众朝臣十分奇怪，不约而同地朝那头驴望去，一眼瞥见驴脸上挂着个长长的标签，上面赫然写着"诸葛子瑜"四个字，大家立即明白过来，大厅顿时爆发出一阵哄堂笑声。诸葛瑾见孙权当众戏弄他，很觉难堪，他心中虽然对孙权不满，脸上却不敢表示出来，只好闷声闷气地坐在那里听之任之。诸葛恪见状，气得两眼圆睁，他快步走到孙权面前，跪倒在地，奏道："我是朝臣诸葛瑾之子，请大王允许我在那纸上添两个字好吗？"孙权正在得意忘形，听诸葛恪这么一说，不觉一愣，他弄不清这个小孩子要干什么，就想知道个究竟，立即说道："行行行，你便添来，哈哈哈哈……"

　　小诸葛恪立即从地上站起，操过笔来，在"诸葛子瑜"四字下面端端正正地添上了"之驴"二字，这样驴脸上的字便成为"诸葛子瑜之驴"了。满座朝臣见状，顿时鸦雀无声，孙权也不觉大吃一惊，接着便尴尬地哈哈大笑起来，他没想到竟然被这七岁小孩将了一军。因为他是一国之主，已经答应让诸葛恪添字，说了要算数，便开言道："好，就把这头驴赏给你吧。"小诸葛恪就这样略施小谋，既解了父亲的围，又得了孙权的爱驴。后来，诸葛恪的机智劲儿深被孙权看重，长大以后被任为大将。

◆ 这是一篇文言文历史故事，说的是诸葛恪如何用他的聪明才智使父亲摆脱窘迫境地的故事。从侧面衬托出诸葛恪的聪明，可以看出诸葛恪是个才思敏捷、善于应对、聪明机智的人。这个故事告诉我们一个道理：当我们遇到困难的时候，不要心烦气躁地面对，换一种方法或方式，就会有你意想不到的结果。

38. 救晋室于危乱的温峤

温峤，字泰真，一作太真，是温羡的弟弟温襜之子。太原祁县（今山西祁县）人，东晋政治家。初为司隶都官从事，后举秀才。司徒辟东阁祭酒，补上党潞令。刘琨请为平北参军，随府迁大将军从事中郎上党太守，加建威将军督护前录军事，又随府迁司空右司马，进左长史。后作为刘琨信使南渡，南渡后历官显职，参与平定了王敦、苏峻的叛乱。晋成帝即位，代应詹为江州刺史，持节都督平南将军，镇武昌。卒赠侍中大将军，使持节，谥曰忠武。

温峤是东晋时很有才干的大臣，当时的皇帝晋明帝对他十分信任，每有军国大事，都同他商量。因此，在朝臣眼中，温峤是一个能左右皇帝的人。

当时，大将军王敦驻守武昌，他拥兵自重，企图叛逆朝廷。温峤慧眼独具，王敦很怕温峤在明帝面前揭露他，就多次向皇上请求，把温峤调离了京都建康，到武昌做了自己的左司马。

温峤早已看出了王敦的叛心，此次将他从皇帝身边调离，就是为了顺利实现他的反叛之谋。不过王敦手握重兵，不可一世，温峤只好忍气吞声。

温峤到任之后，起初力图想挽回王敦的叛心，他多次寻找可利用的机会委婉地用道理去说服王敦，希望他忠于朝廷，不要有谋叛之心。王敦知道温峤用意，但权欲熏心，根本一点都听不进去。

过了一段时间，温峤见王敦毫无悔改之意，必要一意孤行，知道自己若再旁敲侧击地去开导，必然导致王敦不满，而招杀身之祸。

现在他感到自己如同置身于狼巢，随时有被杀头的危险，而自己被杀头还是小事，如不能尽早地向皇帝揭露王敦用心，朝廷便有被颠覆的危险。

然而皇帝哪里知道这些，须待自己去向皇帝禀明，可是现在要脱身去向皇帝报告比登天还难，前思后想，于是有了办法。他首先改变昔日面孔，处处逢迎王敦，与王敦沆瀣一气，给他出谋划策，逐渐取得了王敦信任，喜得王敦大有相见恨晚之感。

王敦要搞反叛，必须有同党支持。武康人钱凤当时作王敦的铠曹参军，两人交往密切，王敦便以钱凤为同党，谋划反叛事宜，那钱凤也非寻常之辈，策划此事竟是行家，深得王敦信任。

王敦常常开口闭口便称赞钱凤。温峤洞察了这一奥妙，便去主动结交钱凤。钱凤知温峤才干过人，又得王敦信任，两人很快成了朋友。

此后，温峤经常在王敦面前夸奖钱凤的为人，王敦听后十分高兴，去说给钱凤听，钱凤见温峤背地里当王敦面赞扬自己，内心便把温峤当知心人看待了，不觉过了一年，由王敦督管的丹杨府府尹位置出了空缺，需要派人去充任。

温峤感到自己脱离王敦控制，回到皇帝身边的机会已到，他决心得到府尹的职务。三思之后，便急急忙忙赶到王敦府中，行过见面礼之后，温峤说道："听说丹杨府尹出现空缺，有这事吗？"

王敦说道："有这事，我正要找你来商量一下派何人充任为好。"

温峤说道："在下岂敢，一切唯将军定夺。"

王敦说道："公眼观六路，耳听八方，非我武夫可比，诚心诚意想听听你的意见。"

温峤说道："既然这样，在下就献拙了。"

王敦说道："休得如此客气，快讲你的宏论。"

温峤说道："丹杨之地非同寻常之地可比，它在天子脚下，那是观察朝廷动静的好去处。将军应选派最得力的人去充任此职，越快越好，晚了皇帝恐要派下人去。"

王敦听后，深觉有理。他默不作声，半天才开言说道："丹杨的确如公所言，那地方对我行大事太重要了，可是派谁去好呢？公是否有个主张，说出来令我参考一下。"

温峤说道："依在下之见，只有钱凤最可靠，别人前去恐怕都不合适。"

王敦听后，立即派人把钱凤找来。王敦对钱凤说道："丹杨缺一府尹，那地方的重要性你是知道的。刚才我同温峤议起当派谁去，温峤极力举荐你，你看如何？"

钱凤一听温峤在关键时刻提议让自己去担任丹杨府尹这么重要的职务，更深感温峤是知己。他想：温峤现在还是一个小小的左司马，他出头的日子到了，这位置自己怎么能抢？想到这里，忙推辞说："将军和温公雅意，我钱凤十分感激。不过从我们大计着眼，丹杨府尹应由温公去做，他比我能干多了，人又完全信得过，将军赶快决定吧。"

温峤早已摸透了钱凤心理，知道此缺非己莫属，便赶忙推辞，再三向王敦请求让钱凤去。临到王敦抉择，王敦衡量再三，觉得钱凤是自己最贴心的人，不能让他离开自己。一年来与温峤相处，他人聪明，办事可靠，

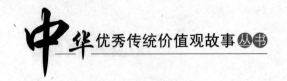

可以信赖，于是决定让温峤去做丹杨府尹，并严令温峤不得推托。温峤于是答应了下来。

回到下榻，温峤心里十分高兴，日子终于熬出了头，他倒了半杯酒，弄了几样小菜，自斟自饮起来。一边喝酒，一边琢磨下一步的对策。他想自己毕竟是来自朝廷之人，一年来虽然以假象迷惑住了王敦、钱凤，可此番自己要单独去天子脚下，一旦他们省悟过来，发现自己完全有可能奔跑到京城，还不半途中就将自己追回？这可怎么办是好呢？

第二天，王敦设宴为温峤饯行。钱凤自然前来作陪。温峤瞥了钱凤一眼，马上心生一计。他乘机起身行酒，装着醉醺醺的样子，摇摇摆摆地走到钱凤面前，举杯敬酒，还没等钱凤把酒杯端到嘴边，温峤便操起插在腰间的朝板朝钱凤帽子打去，竟将钱凤帽子打落在地。没待钱凤吱声，温峤先开了言："你钱凤是什么东西，我温峤敬你酒是高看了你，你竟然不喝！"

钱凤见温峤纯属无理取闹，借着酒兴，正要发作，王敦上前忙把两人岔开，对钱凤说："温峤想必喝多了，你不必计较了。"钱凤碍于王敦面子，便将心中恼怒忍住了。

酒宴散后，温峤就要启程，他装作酒意稍醒的样子，上前紧紧拉着王敦和钱凤的手同他们话别，言辞十分激动，说着说着竟然流下泪，显出无限留恋、不忍分别的样子。走到门口，又几次返回与王敦、钱凤握手告别，然后才上路远去。

再说钱凤回到府中，躺在床上怎么也睡不着。温峤走了，他还能不能再回到他们的集团中来？那温峤原是皇上倚重之人，一旦借此机会回到皇帝怀抱，揭发了他们谋反行动，事情岂不要糟？思来想去，觉得让温峤离开很不妥当，还不如派一个一般的人前去。

第二天一早，他就去见王敦，王敦问他何事这样早便赶来，钱凤说道："我们俩人都很糊涂，温峤从前是皇上心腹，你硬把他弄到武昌，他的前来，实在是不得已，一年来看似与我们相知，我思此人未必可信，如果他一口气跑回京城把我们的事报告了皇上，那就坏了。"

王敦听后，哈哈大笑，说道："宴会前你不是一再推荐让他去吗？那时怎么没想到这一点？莫非昨日他醉中对你不敬，你记挂在心，今日才有这番言语不成？公且莫这样，我料想温峤不会背叛我们。"

钱凤听了这话，无言可对，只好听任温峤离去。

事情果如钱凤所料，温峤根本没去丹杨上任，他一口气跑到京城建康，当即向晋明帝告发了王敦、钱凤企图叛乱的阴谋，并协同晋明帝做好了粉碎王敦叛乱的准备工作。待到王敦反叛，很快就将其消灭，钱凤也被杀掉了。

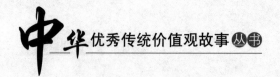
◆ 温峤救晋室于危乱之中，在江州任上亦"甚有惠政，甄异行能"，深受民众爱戴，在他死后"江州士庶闻之，莫不相顾而泣"。可见他在民众心中的地位。纵观温峤一生，从早年抗胡斗争、奉使劝进，到平定王敦、苏峻之乱，可谓"功格宇宙，勋著八表"。

39. 以凶徒治贼的韩褒

韩褒，字弘业，颍川颍阳（今登封市西南）人。少好学而不守章句，有远略。北魏末，归依夏州刺史宇文泰，泰为丞相，授录事参军。西魏大统初，征拜丞相府司马，进爵为侯。出为北雍州刺史。大统十二年（546），除西凉州刺史，抑制豪强，优抚贫弱，加骠骑大将军，进爵为公。北周保定三年（563），出为汾州刺史。后以年老致仕。

北魏韩褒受命担任雍州刺史。他走马上任后，听说雍州有一带地方强盗很多，这些强盗出出没没，闹得百姓无法安生。

做一方官，便要管一方事。韩褒下决心为百姓铲除这里的盗贼。他秘密到这一带做了访察，得知做盗贼的人都是当地那些有钱有势的豪门子弟。情况搞清之后，他便琢磨了一个惩治办法。

首先，他表面仍然装作不知实情的样子，对那些豪门子弟仍然客客气气，以礼相待，有人试探问他对治盗的态度，他对那些做盗的豪强说："我出身于读书人，

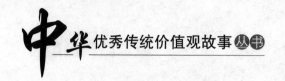

哪里懂捉拿盗贼之事呢？不过盗贼的确干扰百姓的民生，希望大家多加帮助，共同治理。"那些做盗的豪强见韩褒说出这番话来，都安了心。

韩褒见稳住了盗贼，便根据访察时百姓提供的首恶名单，把其中一向令百姓最为担忧的做盗恶少召集在一起，对他们说："此地诸盗猖獗，民不得生，你等都是本地有名望的人士，本官把你等请来，想让你们帮我为民除盗。"

恶少们闻听此言，摸不清其中奥妙，一个个面面相觑。韩褒已知他们心中所想，且不管它，他对众恶少说："我已划好了防盗地段，分别分派给你们，每人负责一段，任命你们为该地段总管。要认真负责，如在谁的地段上出现盗贼抢劫事件而不能将盗贼捉住，我就要以故意放走盗贼论罪。"

众做盗的恶少一听，心想自己本身便是盗贼，所管地段盗贼都是自己同党，怎能管得了，若管不了，便要被治罪，还不如赶快自首，令刺史除去自己总管之职，想到这里，慌忙不约而同地给韩褒叩头，自首道："刺史大人，我等有罪。"

韩褒哈哈笑道："本官正欲重用你等，你等竟言有罪，是何道理？"

众恶少说道："以前盗劫案发生，我们众人也参与其中了。"

韩褒听罢，故作惊讶地说道："原来如此，本官姑念你等能坦白自首，自当从宽处理，现令你等速将所知盗贼一一供出，敢隐其情者，从严惩处。"

众恶少此时已吓得浑身颤抖，谁不想活命？于是一一供出了盗贼，并开列了盗贼名单，对一些作案后逃亡隐藏起来的盗贼，一一供出了他们现在的藏身之处。

韩褒把所供材料收了起来，然后在城门上贴出布告，布告说："做过盗贼之人，要赶快到官府自首，凡自首者，本官即免治其罪，到本月底不来自首者，一经查获，该人要受斩首之刑，妻子儿女为奴，家产全部没收，赏给在前自首之人。"

众百姓见此布告，连声称快，你传我，我传他，很快传遍各地，那些曾做过盗贼的人，得知这张布告内容，无不心惊肉跳，这时先前被分派做总管的恶少们跑到那些盗贼中间，对他们说刺史已掌握了详情，不自首必被查获，众盗贼见难以躲藏，纷纷前来自首，不到十天工夫，所有盗贼全部投案自首了。

韩褒这时取出先前登记的名册，一一核对，自首的人与名册所列一个不差。然后逐个核实了他们的罪行，赦免了他们的罪过，准允他们重新做人。

从此之后，该地闹盗贼之风便平息了。

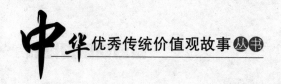

◆ 做事情应像韩褒那样，不但要运用智慧，还要学会宽容和饶恕。

40. 拷羊皮识真主的李惠

李惠，中山人，思皇后之父也。惠历位散骑常侍、侍中、征西大将军、秦益二州刺史，进爵为王，转雍州刺史、征南大将军。加长安镇大将。

北魏献文帝时，李惠作雍州刺史。当时有位贩卖食盐的商人背着一口袋盐到雍州市上去卖，他半路中遇到一位樵夫，那樵夫背着砍好的柴也去那里卖，二人于是结伴同行，当时天气很热，两人走了一程之后，都感到又累又热，便在路旁一棵大树下歇息了一会，要起身时，两人为了一张羊皮吵了起来，卖盐人说这皮是他带着垫身的，卖柴人则说这皮是自己带着垫身的，二人互不相让，最后厮打了起来。围观的人见难以劝解，便将他二人拥着去城里见官。

官司后来打到李惠那里。李惠便出面断案，他先让各人讲说一遍此皮来历，二人都说得有根有据。李惠听罢，一拍惊堂木，让双方先退下，在庭前暂候。

那二人下去之后，李惠对左右人说："拷打这张羊

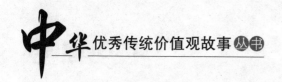

皮，我看就能把他的主人拷打出来。"左右听后，你看看我，我看看你，都以为刺史莫非疯了不成？羊皮乃一死物，任你怎样拷打，它岂能开口说话？不过李惠乃一州之长，他的话谁也不敢出来说三道四，众人只是默不作声而已。李惠已大略猜出众人是不理解他的话意，他微微一笑说道："听差的，请将那张羊皮放到干净席子上"。听差立即遵命将羊皮放好，然后李惠命衙役拿起刑棍，将那羊皮敲打十几下，然后又命令把那张羊皮拿起，他领了左右来到席子旁，仔细看一番，笑道："羊皮的主人已拷打了出来。"左右都以为李惠疯了，说道："在哪里？"李惠说道："你们用手摸摸席子上有什么？"左右一摸，见有盐粒，于是都恍然大悟。

坐定之后，李惠令人将二人传入公堂。卖柴人走在前面。口中不住喊着李大人给做主。李惠一拍惊堂木，喝道："你等莫嚷，请去席上看羊皮下有什么？"二人来到席前，衙役将羊皮揭起，卖柴人一见皮下有盐粒，立即吓呆了。李惠此时对卖柴人大喝一声道："本是人家的羊皮，却硬说己物，何其卑劣！还不从实供来？"卖柴人无奈扑通一声朝李惠跪了下来，老老实实招供了自己企图讹诈他人财物的罪行。

李惠智审此案，受到人们的一致叹服。

◆ 只是拷打羊皮，便知道羊皮真正的主人，这不能不说李惠是个有大智慧的人。也正因为他是个一心为民的好官，最终才能侦破此案。

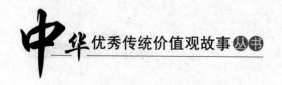

41. 智捕盗贼的高浟

高浟，字子深，高欢第五子，彭城景思王。元象二年，拜通直散骑常侍，封长乐郡公。博士韩毅教浟书，见浟笔迹未工，戏浟曰："五郎书画如此，忽为常侍开国，今日后，宜更用心！"浟正色答曰："昔甘罗为秦相，未闻能书。凡人唯论才具何如，岂必勤勤笔迹。博士当今能者，何为不作三公？"时年盖八岁矣。毅甚惭。

南北朝时，高浟任沧州刺史，此人极善捉拿贼偷。

当时，有一个商人从幽州赶着一头驴，驮些鹿肉干前来沧州贩卖。到沧州地界时，因为长途跋涉，两脚磨起了泡，十分疼痛，所以走得很慢。后来偶然在路上碰到一个同往沧州之人，他就与那人结伴而行。谁知那人在快到沧州城时，竟趁商人不注意，将商人的驴和所驮鹿肉干偷走了。商人到沧州后，立即将此事报告了州府。高浟得知此情，十分气愤，发誓要捉住这个贼偷，左右都说："不易不易，谁知贼偷此时已溜向何方？"高浟说："那贼偷据商人讲也是奔向沧州来的，而且他偷了东西肯定要在沧州卖出，这样的话，那贼偷很快便可捉到。"众人都半信半疑。高淩说："你们等着瞧吧。"

高淩说罢，便布置捉贼事宜。他命令府中丁役十几人打扮成收购商的模样，分头到街上以最高价格收买鹿肉干，每收一份鹿肉干，都要记清卖肉干人的相貌。结果当天就收了十多份。高淩命那丢肉干的商人前来辨认，商人发现其中果然有一份是自己丢失的肉干。高淩立即派人去追捕卖这份肉干之人，很快将其抓获，商人一见，果然是盗他肉干之人。

后来，高淩又被调到定州任刺史。那时，定州城外住着一位孤苦的老太婆，老太婆只靠种菜为生。

这年春天，老太婆种的菜竟然接连被偷，弄得老太婆虽然付了辛劳却得不到收获。恰好高淩私访遇到了这位老太婆，两人闲聊时，老太婆便把丢菜之事说给了高淩。高淩想：老人家本来谋生不易，却来偷她，其人真是丧尽天良，我一定要将他抓住。想罢，便对老太婆说道："老妈妈不要忧虑，我是本州刺史，一定帮你捉住此贼，包赔你的损失。"老太婆听后大惊，说道："原来是刺史大人私访，老身真是万幸。"高淩说道："请老妈妈不要张扬。"

高淩回府后，便派人趁着天黑去老太婆园中，用笔在一些菜叶子上写了字，作为记号。

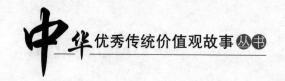

那天夜里，老太婆园子里的菜又被偷了。高淑闻报，第二天一早便派人到集市摊上检查摊主所卖之菜，查来查去，果然在一个摊上查出了带记号的菜，当场将偷菜人抓住，索回了老太婆的所有损失。

◆ 从此高淑拿盗的事迹被人广为传诵，盗贼见高淑在，无不匿迹敛形，改恶从善，定州风气一时大好。从此之后，境内无盗，政事教化为当时第一。

42. "是""非"二字断真伪的张鹭

张鹭，字文成，自号浮休子，深州陆泽（今河北深州市）人，唐代小说家。虽然没有获得过诺贝尔文学奖，但是新罗和日本的使节每次来到朝廷，都削尖了脑袋四处打听这个人有没有新的作品问世，一旦打听到有，立刻不惜重金和珠宝，把他的新作买走，回国后广为传诵。这个人就是张鹭。他于高宗李治调露年登进士第，当时著名文人骞味道读了他的试卷，叹为"天下无双"，被任为岐王府参军。此后又应"下笔成章""才高位下""词标文苑"等八科考试，每次都列入甲等。调为长安县尉，又升为鸿胪丞。其间参加四次书判考选，所拟的判词都被评为第一名，当时有名的文章高手、水部员外郎员半千称他有如成色最好的青铜钱，万选万中，他因此在士林中赢得了"青钱学士"的雅称。这个雅号后代成为典故，成了才学高超、屡试屡中者的代称。武后证圣（695）时，擢任御史。

唐朝的张鹭任河阳县尉时，当地有个建造房屋的木

工吕元伪造官仓主管冯忱批示，盗出不少粮食。冯忱对此一直不知道。后来上级核查粮食出库情况，发现有不少未报经上级批准，只由冯忱一人做的主，而且粮食所用又不明白。县里就将冯忱逮捕拷审。谁知冯忱竟说他从来没有在未经报请上级允许的情况下自作主张往出批粮。主审官拿出指示给他看，他一口否认这是他的字，坚持说可能是一个与他笔迹相近的木工吕元伪造的。于是县里又将吕元抓来审问，吕元上状子说这些批示全是冯忱亲笔，冯忱说是吕元伪造的，纯是诬告之词。二人在公堂上争吵不休。

张鷟这时将惊堂木一拍，令将二人暂时带下。他在地上转了几圈，喊来了衙役，命令将吕元的状子和冯忱的"批示"各自两头都封上，然后拿出封好的吕元写的状子，对吕元说道："你上来认认给你看的字，若是你写的，你就在旁边注上'是'字，如果不是你写的，你就在旁边注上个'非'字。"吕元上来之后，张鷟命人，露出一个字让吕元认。吕元睁大眼睛看了半天后，就在旁边注上个"非"字，一连换了五个字，吕元都注"非"字。然后扯去所封，给吕元看，吕元一看，原来是自己写的状子，心中方寸已乱，接着张鷟又拿过封好的"批示"，命人露出一个字来，让吕元认，吕元在上面便注上一个"是"字，然后张鷟命人扯去所封，给吕元看，吕元一看，原来是自己伪造的假批示。张鷟一拍惊堂木，喝道："大胆吕元，你还有何话说？"吕元见状，连忙叩头认罪。

◆ 他不但是个才华横溢的小说家而且也是个出色的官吏，他只用了"是""非"二字便了结了此案，这足可见张鷟的机智和才华。

43. 蒙面讨牛的张允济

张允济，唐朝官员，青州北海人。隋大业中为武阳令，甚有政绩。后迁高阳郡丞。郡缺太守，允济独统郡事。贞观初，累迁刑部侍郎，封武城县男，擢幽州刺史，不久卒。

唐代张允济作武阳县令时，遇到一桩婿翁争牛案。

那天，张允济刚升堂不久，便有一男子前来喊冤。张允济令衙役将他带上公堂，问那男人道："你状告何人？"

那男子回答说："我状告岳父。"

张允济说道："告他何事？"

那男子回答说："我到岳父家生活时，带去一头母牛，过些年后，繁殖了十几头。现在我想回自己家，要把牛带走，岳父百般不准，说是他家的牛。我不得已，来请县大人裁决。"

张允济听后想：翁婿间这种事，极难搞清，纵然去取证邻里他人，也难免有伪证，所断未必符合实情。思来想去，便寻出一个妙法。

他下令将那个男子换了衣服，捆绑起来，然后把他的头面和耳朵蒙住，使他不能看也不能听。然后把这个人拉到其岳父家，对他的岳父说道："县里抓到了一个偷牛的贼，据他供认，所偷之牛窝藏在不少人家中，请把你家的牛全牵出来，让他认一下是不是所窝藏之牛，如果不是，你倒清白，如果是，你则是窝主，本县依法对窝主是要治罪的。"

岳父听了这话，搞不清其来由，生怕平白无故遭受牵连，赶忙解释说："这些牛哪里是我家的牛，全都是我女婿的，和我家一点关系都没有，若盘查，请你去找我女婿。"

张允济听了这话，让手下人把那人蒙盖揭去，对那岳父说："你看，这是不是你女婿？你刚才说你家之牛全是你女婿的，那就应当由你女婿带走，为何人家要带走，你却一口咬定是你家的呢？"

那岳父没有办法再赖，只好同意将牛如数让女婿带走。

◆ 做事情要善于运用方法和智慧，才会把事情做得更好、更出色。

44. 智除阿谀之徒的朱温

朱温曾被赐名朱全忠，称帝后改名朱晃。宋州砀山午沟里（今安徽省砀山县）人，家世为儒，祖朱信，父朱诚，皆以教授为业。幼年丧父，家贫，母王氏佣食于萧县刘崇家。

后梁太祖朱温早年曾经在唐僖宗朝做大将。自从产生夺取天下、自立为帝的志向后，便想方设法招揽挑选人才。有人建议他仿效古人养士的方法招募门客，他觉得这是一个好办法，就欣然采纳了。不久，果然招来了一大批门客。因为朱温是想创业，辅佐他的人必须要有自己独立的见解以供他参考，阿谀奉承之徒不但无益，反而有害，所以他一个也不能要。那么这伙门客中是否有阿谀奉承之徒呢？他派人暗中做些考察，都没什么结果，便心生一计，决定亲自考察一番，及时将阿谀奉承之徒除掉。

有一天，天气炎热，他带上所有门客出游，来到城外，但觉骄阳似火，便直奔前方的一棵大柳树下乘凉。

来到柳树下，但见此树干粗有数围，枝繁叶茂，郁郁葱葱，遮阴蔽日，朱温大喜，就命众人坐在树下。

不一会儿，朱温望着这棵树自言自语地说："好大的柳树啊！"说完便扫视众门客的表情。一直扫视了很久。众门客见状，猜想朱温是让他们发表一下意见，于是一个个都站起身来，七嘴八舌地说："的确是棵好柳树啊！"

朱温说："我看这棵树最适合做车辕。"话音刚落，坐在后面的五六个人马上站起来说："将军之言诚为卓见，此树之材的确适合做车辕。"

朱温听后，未置可否，又拿眼睛去看恭翔等人。恭翔知道朱温是想让他发表一下意见，立即站起来，说道："将军休怪小人。小人以为这棵柳树虽是好树，其材却不适合做车辕，做车辕必须用夹榆树。"

朱温听后，让恭翔坐下，然后厉声对刚才那五六个人说："你们这几个穷酸臭儒，遇事只知道附和顺应别人，毫无任何主见，柳树岂是做车辕的材料？我说它能做，你们就不顾实际阿谀逢迎，也说能做。秦朝时赵高曾指鹿为马，别人也跟着说是马。原来黑白竟这样容易颠倒。赵高当时需要那些阿附之徒，我要有什么用？"说到这里，回头大声对卫兵喊："你们还在那里等待什么？"话音刚落，上来十几个卫兵，立即把那五六个说

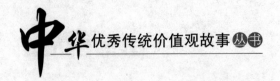

柳树可做车辕的人捆绑起来杀掉了。

◆ 朱温从根本上保证了地方治安的稳定，使军队的作用发挥在保民上，而不是割据一地扰民乱国。朱温又吸取唐末地方将领无法节制终成大祸的教训，对手下大将严加防范，一旦有骄横、阿谀之人出现，立即除掉，或杀或囚，以绝后患。

45. 捞黄河铁牛的智僧怀丙

怀丙，北宋出色的工程家，河北真定（今河北正定县）人。据史书记载，怀丙和尚聪明善思，曾多次解决当时谁也解决不了的工程难题。真定十三级宝塔，中间的柱子坏了，宝塔向西北倾斜，怀丙和尚另做一根柱子，把坏柱子换下，把宝塔扶正了。赵州洨河石桥歪斜欲倒，怀丙和尚说，往桥下石头中灌铁，可以扶正。乡民们踊跃捐助石块，怀丙和尚在石头上凿洞，熔化铁水横贯其中，果然扶正了石桥。

北宋时，河中府有一座浮桥是用八个大铁牛固定着的，每个铁牛有几万斤重。英宗治平年间，大雨连绵，河水猛涨，竟然把浮桥冲断了。固定浮桥的一头铁牛被漂移的浮桥拉走而沉没在极深的河水里。因为这座浮桥是当时过河的通道，官府立即组织人力抢修，这时便需要把沉入水中的大铁牛打捞出来以固定接好的桥。但是这么重的东西怎么能从水中捞出来呢？官员们在一起商量打捞办法，谁也提不出什么好主张，便出一张告示招

募能打捞大铁牛的能人。

真定有个和尚名叫怀丙。经过这里时看了告示，来到官府，自称能有办法将铁牛捞上来。官府便帮他组织人力物力按他的方法打捞铁牛。他先让官府造两条特大的船，船造好后，命人运到河里，停靠在铁牛两侧，将铁牛夹在中间，接着把两条船都装满土。然后又要来一根又粗又长的木头，从铁牛顶上经过，横着绑在两条船上，派水手下去用铁索把铁牛拴上，将铁索的上方系在大木头上。这一切作完之后，便开始往出捞铁牛。他在旁边指挥，让人把两船中的土慢慢去掉，随着不断地去土，两条大船逐渐向上浮，铁牛也跟着慢慢离开河底，等到把两船土去净，铁牛便被打捞出来了。两岸围观之人一片喝彩。转运使张焘很快把此事向朝廷做了汇报，朝廷因怀丙打捞铁牛有功，赏赐给他一套紫衣以表奖励。

◆ 怀丙正凌霄塔、修赵州桥、捞黄河铁牛，不但在民间广为流传，而且也惊动了当时的朝廷。皇上龙颜大悦，当即赐给怀丙和尚一件紫袈裟，这是皇家对僧人的最高褒奖。

46. 将计就计惩逃兵

曹玮，字宝臣，北宋大将。官至御史大夫。名将曹彬之后。曹彬有七子，比较有名的是曹玮和曹璨（其他五个为玘、珝、玹、珣、琮）。曹玮少年时代就跟随父亲左右，在军队中服役担任牙内都虞候。太宗曾经问李继迁叛乱谁可为将出战，曹彬当即推荐曹玮，于是太宗立即召见了曹玮。这一年曹玮只有十九岁。

宋朝的曹玮做渭州知州，除管政事之外，还兼管本地军事，他为人有勇有谋，当地的军政被他管理得井井有条，邻近的西夏人都很怕他。

有一天，曹玮正和客人下棋，一名士兵慌慌张张地跑进来报告说："大人，不好啦！有的士兵叛逃到西夏那边去啦！"曹玮听后急中生智，对那士兵说："大惊小怪什么？他们是我派出去的。"于是那士兵便跑了出去，在众人中间说："去西夏的兵都是知州大人派出去担负特殊任务的，大家不要惊怪。"众人都信以为真，无人仿效逃兵叛逃。西夏人听说逃来者全

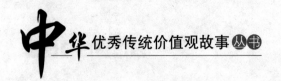

是曹玮派来的，立即把他们统统杀掉，然后将首级扔回渭州境内。

◆ 曹玮一句话，既借刀除了叛兵，又稳定了军心，真是一箭双雕。

47. 善断奇案的包公

　　包拯，宋庐州合肥（今安徽合肥）人，字希仁。天圣朝进士。累迁监察御史，建议练兵选将、充实边备。奉使契丹还，历任三司户部判官，京东、陕西、河北路转运使。入朝担任三司户部副使，请求朝廷准许解盐通商买卖。改知谏院，多次论劾权幸大臣。授龙图阁直学士、河北都转运使，移知瀛、扬诸州，再召入朝，历权知开封府、权御史中丞、三司使等职。嘉裕六年（1061），任枢密副使。后卒于位，谥号"孝肃"。

　　包公在官时，有一天，一家的牛被人偷割了舌头，弄得好好的一头牛到了奄奄一息的地步，眼看就要死了。牛的主人马上跑到包公堂上喊冤告状。包公受理了此案，详细问了他一些情况，然后对那个人说："你回去，先把那头牛杀了卖肉吧。"那人听后，心中很不痛快，如果是这样断案，我还来找你包青天干什么？转又一想：包老爷为官公正，他一定不会糊里糊涂断案，牛反正难活了，姑且按包老爷之言先将牛杀了吧。于是那

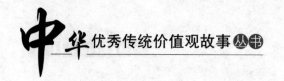

人便回去了。那人走后，包公立即命人去外面张榜，榜中说谁若抓到私自宰杀耕牛的人，官府赏钱。

榜挂出没多久，公堂便来了一个告发私宰公牛之人，包公问道："你看准了吗？"告发者回答道："看准了，不信，大人可随我前去看看，他正在宰呢。还说宰完就卖肉。"

包公一听这人所告发的正是那位被人偷割了舌头之牛的主人，于是将惊堂木一拍，喝道："你就是割去人家牛舌头之贼吧？"这人忙分辩说："哪里哪里，小人一生进修德行，怎敢为贼。"包公说道："你刚才所告发的那个人，他的牛舌头已被人割去，牛显然不能活了，你来告他私杀耕牛，好让我来治他的罪，这割牛舌头之事不是你干的又是谁？你还想抵赖吗？"这个贼见状，只好认罪服法了。

◆ 包拯善断奇案，声名远播。他做官以断狱英明刚直、清明廉洁而著称于世。知庐州时，执法不避亲党，受到上司重视和世人称赞。

48. 委婉规劝朋友的范仲淹

范仲淹，字希文，苏州吴县人，世称"范文正公"。唐宰相范履冰之后。北宋著名的政治家、思想家、军事家和文学家，祖籍邠州（今陕西省彬县），后迁居苏州吴县。他为政清廉，体恤民情，刚直不阿，力主改革，屡遭奸佞诬谤，数度被贬。1052年（皇佑四年）五月二十日病逝于徐州，终年六十四岁。是年十二月葬于河南洛阳东南万安山，谥文正，封楚国公、魏国公。有《范文正公集》传世，通行有《四部丛刊》影明本，附《年谱》及《言行拾遗事录》等。

北宋时，滕子京身负大才，为人又有些桀骜，他对当时的一些政治表示不满，结果被人妒陷，由朝廷重臣贬到巴陵做太守。

来到巴陵郡后，他心中一直郁愤难解，言谈中每出怨词。

范仲淹原先也在朝中任要职，因受保守派排挤打击，结果也被贬到巴陵郡。他与滕子京同年而生，两人

很有交情。他见滕子京时常如此，十分担心滕子京日后招致大祸，便想规劝滕子京注意谨慎。可是滕子京性情本来倔强，又当着太守之职，很少接受别人规劝，所以范仲淹一直找不出个良机开导滕子京。

庆历五年时，滕子京主持重修了岳阳楼，楼修好后，滕子京来找范仲淹，让他作一篇记。

范仲淹听后，觉得可利用这个机会通过文章委婉地规劝他，便主动接受了下来。

于是范仲淹开始构思，他仔细体会了滕子京被贬的心境，寄情于景，借景抒情。

在经过一番情景交融的铺排之后，笔锋一转，写道："嗟夫！予尝求古仁人之心，或异二者之为，何哉？不以物喜，不以己悲。居庙堂之高，则忧其民，处江湖之远，则忧其君，是进亦忧，退亦忧。然则何时而乐耶？其必曰'先天下之忧而忧，后天下之乐而乐'欤！噫！微斯人，吾谁与归！"

写好之后，他就拿去送给滕子京看。

滕子京看后，大受感悟，对范仲淹说道："你的文章让我幡然醒悟。吾辈的确应'不以物喜，不以己悲'，要'先天下之忧而忧'啊！"

此后，滕子京言谈再也无怨愤之词了。

◆ 范仲淹受朋友委托为岳阳楼作记，也成了规箴知己的绝好机会，同时，自己也在遭贬中，亦有抒发自己理想之必要。于是范仲淹便把这篇文章的主题定为抒发自己的胸襟怀抱，达到规劝朋友的目的。

49. 计惩奸臣后代的何晴岩

何晴岩，慈溪县令，为官公正清廉，在任期间深受百姓爱戴。

明朝的大奸臣严嵩有位同党名叫赵文华，他伙同严嵩干了许多令人发指之事，明朝灭亡之后，人们仍然很痛恨他，把他编入戏中去鞭挞他。当时赵文华有一位后裔名叫赵春明，此人本作牲畜生意，赚了不少钱，便用钱买了个同知职衔，靠着这一职衔，常在官署中出出进进，颇以绅士自居。

有一天，赵春明听说邻村演戏，他来了兴致，前往观看，一见是演《鸣凤记》，听说其中有其先人赵文华之事，心中不快，硬着头皮看下去。果然不一会赵文华从戏中出现了，只见演员以高超的演技，惟妙惟肖地把赵文华拜严嵩为义父、卑躬屈节的龌龊形象刻画得淋漓尽致。赵春明好歹坚持看完，浑身出尽冷汗。他对演赵文华的演员恨透了，立即向县衙投了一个诉状，指控他污辱了自己的先人，同时也告了整个戏班子，又凭依自己势力，竟命人将戏班全体演员捉拿送往县衙追究。

县令何晴岩是汴京相当有名的进士。他与赵春明也有所交往，但很看不起赵春明的为人，想借机将计就计地治治他。他笑着对赵春明说："本官已看过赵公你的诉状，深感这班演戏之人太大胆，竟敢辱公之先人，公现已将他们捉拿，我要对他们作出加戴枷锁的处罚，以保护无辜。"赵春明听后，连忙谢恩。

一会儿，何县令升堂，提审演戏之人。他命令那位演赵文华的演员仍旧穿上赵文华的衣服，戴上纱帽，脖子上套上巨枷，枷额上写着："明朝误国奸臣赵文华一名。"其他演员也都按剧情穿戴整齐。然后让他们当全县百姓面演赵文华被游街示众、朝廷命令把赵文华押赴赵氏祠堂前带枷三个月的场景。全县百姓一时轰动，前往观看，赵春明见状，忙问："县令大人答应要惩处他们，怎么竟让他们出演此戏？"何县令说道："是啊，我这不是惩处他们吗？演公先人的演员已被我带上大枷，又将他押赴赵氏祠堂前谢罪，这处罚还轻吗？"赵春明听后没有办法分辩，立即求人说情，令何县令赶紧将演员们放走。何县令说道："抓也是他，放也是他，我是县令还是他是县令，如让本县令改变对演员们的惩处，他赵春明必须认罚，出三万片瓦修文

庙以谢罪。"

赵春明无法，只得同意。

◆ 这则故事充分体现了县令的正直和机智过人，不得不令人钦佩。

50. 智破两案的徐次州

徐次州，青朝时期南海县县令。

清朝的徐次舟任南海县令时，当地有个老妇丢了一口猪。老妇前来告状，指控是被李天民偷去。

县里衙役立即将李天民抓来当堂审问。李天民完全不承认自己偷了猪。徐次舟问他有什么证据可以证明没偷猪。

李天民说："凡是偷猪的人，如果赶着猪走，必定走得很慢，而被丢猪者赶上抓获，所以偷猪之人都把猪装在口袋里扛在肩上小跑而逃。小人我手无缚鸡之力，怎么能偷猪呢？"

徐次舟听后，说："是啊，你说的偷猪人的行动情况很对。我早听说你是一个安分守己之人。你现在很穷，我打算赏你十千钱，凭这点本钱可去做个小贩谋生。"当时十千钱装在袋子里很重。

李天民得赏之后，十分高兴，拜别徐次舟，一抬手扛在肩上，刚要走，徐次舟喝令他放下，对他说："你

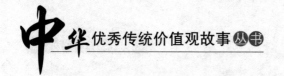

说你手无缚鸡之力，我赏你十千钱何止六十斤重，可你竟然一举手就可扛在肩上，可见你说的全是谎话。刚才，我没有查究你偷猪的办法，你自己却先说了出来，这无疑说明你是偷猪老手，还不如实招来?"说罢令人拿过刑具作要施刑之状，李天民非常恐惧，只好叩头不止，供出了偷猪之事。

一次，徐次舟出衙，路遇一童子在哭泣。徐次舟问他因何而哭。童子说："我是卖油果生意的，卖得之钱被人抢去了。"

徐次舟说道："油果放在哪里？所卖之钱放在哪里?"

童子说道："油果放在筐里，所卖之钱随卖随放在筐里。"

徐次舟说道："筐当为你守钱却没守而被偷，我作为县令，应当为你追回你的钱而审问你的筐。"说罢便将童子带回县衙，又让官吏传布县令要审童子之筐的事。县里人听后十分新奇，心想筐怎么可以审出结果来，想必徐县令另有高招儿？于是争先恐后地跑到县衙来看徐次舟审筐。徐次舟升堂坐定，命衙役在桌上放上一盆水，然后把前来观看者放入，命令观者从东边台阶登上来，在水盆里投入一文钱，然后从西面台阶走下去。前来围观者觉得投入一文钱能看个究竟，无不乐意，便一个挨一个往盆里投钱。这时徐次舟端坐大堂之上注视投钱者，突然间他发令说刚刚投钱者便是盗贼。衙役立即将其逮捕。徐次舟命人搜查这个人身上，果然搜出了童子所丢之钱。

事后，有人问他说："知县大人怎么能知此人就是偷钱之贼？"

徐次舟说道："筐子里既装油果又装钱，钱上必定有油，所投之钱放在水中，必定可见水上浮起油珠儿。我据此知他是贼。"有人又问道："县令怎知贼必来？"

徐次舟说道："我扬言说审筐，人们必感新奇，贼知后必定笑我癫狂和愚蠢，料定他必来看热闹。即使有意外他不来，那么所来围观者每人投入一文，也可得几百文，足可补偿童子所丢之钱，破不了案，也可以了结一桩事情。"众人听后，十分感佩。

◆ 徐次州断案不是只听一面之词，他会广泛的调查研究，搜集证据，不冤枉一个好人，也不会放过一个坏人。

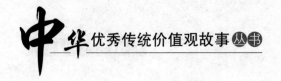

51. 判断力超群的于成龙

于成龙，字北溟，别号子山，山西永宁州（今山西离石）人。生于明万历四十四年（1616），卒于清康熙二十三年（1684）四月，为清代名臣。

清朝康熙二十年，永宁于成龙任两江总督时到高邮县巡察。当时县中一户豪绅人家正忙看嫁妆，陪送的嫁妆十分丰厚。谁知出嫁前的那天晚上，嫁妆被盗贼偷盗一空。豪绅第二天便报了案。然而刺史束手无策，拿不出捕获盗贼的办法。于成龙得知后，决心要侦破此案。他略一思索后，传令关闭其他城门，只留一个城门放往来行人出入，并派捕役把守，严格搜查携带的物品，又贴出告示，说本城有被盗者，全城所有居民各归自己家中，等候明天官府挨家挨户发掘，定要将赃物搜出。城内百姓很快知晓。这时，于成龙又暗中嘱咐把守城门的捕役说："如果有从城门中多次通过的人，必是转移赃物之贼，就把他抓起来。"

中午之后，捕役照于成龙嘱咐，抓住了两个反复出入城门之人，但告诉于成龙说此二人除了身上穿的东西外，并没携带任何行装。于成龙说："这两个人就是盗贼，速将他们带进来。"

捕役遵命将二人带入，于成龙将眼一闭，喝道："快些招供！"

那二人说："老爷让我们招供什么？我们不是盗嫁妆的盗贼，老爷冤枉我们了。"

于成龙哈哈一笑说道："左右，将此二人衣服解开！"左右应声而上，迅速把其衣服打开，见他们穿的袍子里各穿两套女装，正是那户豪绅人家所丢失的嫁妆。于成龙喝道："你们二人还有何辩？"二人见状，只好乖乖地低头认罪。

有一次，于成龙到附近县里办事，走在城外路上时，他看见两个人用床抬着个病人，那病人身上盖着一条大被，枕边露出头发，发上戴着一股簪凤钗，侧身睡在床上。两侧有三四个强壮男子扶护，他们不时轮番用手往上推被，让病人把被压在身底下，好像担心风侵入病人被里似的。不一会，他们把床放在路边休息。然后又换了两个人继续抬着往前走。

这种情况立即引起了于成龙的注意和思考。他立即派出卒役打听是怎么回事。卒役回来报告于成龙说："那伙人中有一人说是自己妹妹住娘家病危，现在送她

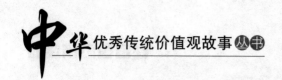

回婆家。于成龙听后，没有言语，默默地一边思索，一边赶路，待走过二三里后，派遣卒役回去看看他们进了哪个村子。卒役领命尾随其后。来到前村一个农家门口，出来两个男子把这伙抬病人的人迎了进去。卒役看完这些后，马上返回于成龙处，把情况一一告诉了于成龙。

于成龙不久便到了该县县城，歇宿之后，前去问县令："你县是否发生盗劫案件？"

县令知他是总督，怕说出来不好交代。便回答说："启禀大人，奉县不曾发生此事。"于成龙想，朝廷实行无盗重奖有盗重罚之法，谁还敢轻言说此地有盗？即便真有，也得对外说无。

于成龙无奈，只好入馆休息。晚上躺在床上，仍觉今天所遇之事有异。第二天，他暗加察访，得知城中果然有一富户人家遭强盗抢劫，而且户主还被打死。于成龙于是派人将死者的儿子召来，向他盘问强盗相貌。谁知死者儿子矢口否认其父是被强盗所杀。于成龙只好说："你不要害怕，本县出现此事，我也不会惩治县令。现在强盗我已经捉住，想替你为父报仇雪恨。"那人听说强盗已经捉住，才重新叩头，讲出了实情。于是，于成龙派出捕役，前往那个村庄去捕拿案犯，拿获了八人。经拷问，全部供认不讳。又承认床上当时所抬是个入伙的妓女，案情既白，于成龙下令对案犯作了惩处。

事后，有人问于成龙在路上遇见这伙人后凭什么知道是盗贼。于成龙说："这很容易明白，你们想想看，哪有少妇躺在床上而允许他人向被底乱伸手的呢?他们中那个人说是抬自己嫁出去的妹妹回婆家，这本身就是诳骗人，躺在床上的女人一定不是好东西。他们又轮番抬床，这说明那床一定很重。旁边的人用手护床，可知床中一定有贵重的东西怕掉落。若是病妇昏迷不醒，到村后，肯定有妇人在门口迎接，现在门口只见男人，并不见其惊恐的问候，由这些可断定床上抬的一定不是什么病人而是赃物。

众人听后，无不敬佩他的机敏。

◆ 机智过人，判断力超群的于成龙所到之处，皆有政声。尤其是始终清廉自守，多行善政，深得士民爱戴。

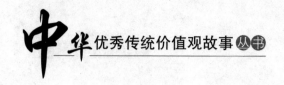

52. 智胜尚书的袁崇焕

袁崇焕，字元素，号（或字）自如，广东承宣布政使司广州府东莞县石碣镇水南乡（今广东省东莞市）人。万历四十七年（1619）中进士。明末著名政治人物、文官将领。入兵部，守卫山海关及辽东；指挥宁远之战、宁锦之战。

袁崇焕是明末大将，抗击异族侵略的民族英雄。因后金使用离间计，被明朝皇帝凌迟处死，但人民始终景仰他。

后人在北京龙潭湖公园附近建了"袁督师庙"，康有为题写了对联和横额。

这位进士出身的督师辅臣，是广东东莞人，年幼时就胆略过人。民间流传着他智胜尚书的故事。

在袁崇焕十岁时，他居住在石龙镇。祖父开设了一个规模很大的杉木店。

一天，当地有个退休的徐尚书带领家人来到杉木店，要购买大批杉木，整修他的"尚书府"。

徐尚书自恃势大气粗，借用石龙地方的方言"跳"

和"条"同音，命家人将店里的杉木放成一堆堆，然后跳过一堆就算作一跳，结账时又把一跳当作一条，其实一跳杉木何止几十条之多，他想用这个方法来捞取便宜。

跳完杉木，徐尚书说："明天到府里来取银子。"就带领家人扬长而去。

面对徐尚书这种欺行霸市的恶劣行径，袁记杉木行上下都急得一筹莫展。

这时，袁崇焕正放学回家，向愁容满面的祖父问明了原委，便心生一计，说道："爷爷不必忧虑，孙儿自有办法。"

第二天，爷孙俩来到徐尚书家中取杉木钱。徐尚书使命家人拿秤来称银子，此时袁崇焕不慌不忙地拿出一根竹筒放在桌上说："且不要拿秤，本店收银不用秤，而是用竹筒来量的，一条杉木一筒银子，请往竹筒里边装银子吧！"

袁崇焕这个办法是利用了徐尚书昨天买杉木时，没有讲明价格和收款方式这一漏洞。

徐尚书当时心想，我一跳就是几十根杉木，你价格再高，还是我占便宜，谁知袁崇焕这个小小的孩子会使出这种办法来，所以，他气急败坏地说："哪有如此收银子的？"

袁崇焕立即以其人之道还治其人之身，理直气壮地

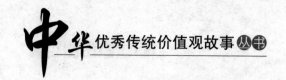

徐尚书自知理亏，无可奈何，只得如数付了杉木款。

◆ 袁崇焕从小就有大智慧，遇事冷静、处变不惊，能帮助大人处理一些棘手的事情，实在是难能可贵。

53. 闻风知敌的年羹尧

年羹尧，字亮功，号双峰，清朝时期军事人物。原籍怀远（今属安徽），后改隶汉军镶黄旗，同进士出身清代康熙、雍正年间人，进士出身，官至四川总督、川陕总督、抚远大将军，还被加封太保、一等公，高官显爵集于一身。他运筹帷幄，驰骋疆场，曾配合各军平定西藏乱事，率清军平息青海罗卜藏丹津，立下赫赫战功。雍正二年（公元1724）入京时，得到雍正帝特殊宠遇，真可谓位极人臣。但翌年（公元1725年）十二月，风云骤变，他被雍正帝削官夺爵，列大罪九十二条，于雍正四年（公元1726年）赐自尽。

清朝康熙时，大将年羹尧奉命去平定西藏叛乱。年羹尧善于用兵，叛军都十分惧怕他。几次大战之后，给叛军以毁灭性打击，平叛取得了决定性的胜利，但是还遗留一些散兵游勇，负隅顽抗。年羹尧下决心彻底消灭他们。不过要找到这些散兵游勇很不容易。

一天夜里三更时分，他在军帐外巡视，忽然听到有

疾风从西南面吹来，不一会又静了下来。他灵机一动，急忙叫来一位参将，领骑兵三百，往西南密林中去搜捕叛兵。大家当时都觉得不可思议，不过军令如山，尽管有疑也必须执行。于是便整队出发，谁知果然在西南密林中发现了叛兵，经过一番激战，把他们彻底消灭了。

事后，有人问年羹尧为什么知道叛兵藏在那里。年羹尧回答说："我听到疾风从西南面吹来，但一刹那间就没有动静了，这就绝不是风声，而是飞鸟振羽的声音。你们想想，半夜鸟飞起来，一定是有人惊散了宿鸟。从这往西南走十里，有丛林密树，宿鸟一定很多。我猜想一定是叛兵在那里潜伏，才使鸟群惊飞起来。"大家听后，无不佩服他的判断力。

◆ 虽然年羹尧建功沙场，以武功著称，但他却是自幼读书，颇有才识。他的文才武略为他日后建功立业奠定了基础。

54. 巧愚贪相的纪昀

纪昀，字晓岚，一字春帆，晚号石云，道号观弈道人。生于清雍正二年（1724）六月，卒于嘉庆十年（1805）二月，历雍正、乾隆、嘉庆三朝，享年八十二岁。因其"敏而好学可为文，授之以政无不达"（嘉庆帝御赐碑文），故卒后谥号文达，乡里世称文达公。

清朝乾隆时，大臣纪昀生性机警敏捷。当时贪相和珅与纪昀同朝为官，纪昀很看不起他，经常巧妙地嘲弄他，而和珅竟然完全不觉。

有一天，和珅请纪昀给他写一亭联，纪昀没有推托，提笔写了"竹苞"两个大字。因为这两个字写得笔酣墨饱，遒劲苍迷，和珅十分喜欢。乾隆皇帝去和珅家，在园中游玩时，来到"竹苞"亭下，他觉得这个名十分特别，就问是请何人命的名写的。和珅说是请纪昀命的名写的。乾隆听后哈哈大笑，说道："这是纪昀巧妙骂你的话，你竟当作上品。"

和珅说道："臣下愚盲，请圣上明示。"

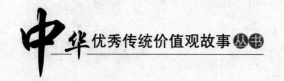

　　乾隆说道："'竹'乃个个之意，'苞'字从草包声，加在一起，不是说你家个个草包吗？"和珅听后，方才恍然大悟，立即命人取下亭匾烧掉，从此他对纪昀怀恨在心。

　　◆ 纪晓岚天资颖悟，才华过人，幼年即有过目成诵之誉，但其学识之渊博，主要还是力学不倦的结果。